『求くんってさ、朱莉のこと好きでしょ』
「お、お前、いきなり何言って……」
友人に500円貸したら借金のカタに妹をよこしてきた
のだけれど、俺は一体どうすればいいんだろ
3

先輩の方から、そっと私の手を握ってくれた。
（ああ、幸せだなぁ……私。
多分、生きてて一番、
幸せ……）

少し前までの私には想像もつかなかった。
大好きな人の隣に立って、同じものを見て、感じられるなんて。
ずっと、ずっと、この時間が続いてくれたらいいのに。
明日になっても、こんな一日が待っていてくれたらいいのに。
（でも……花火が終われば、この時間も……）

「さようなら、先輩」
「さようなら、朱莉ちゃん」

友人に500円貸したら借金のカタに妹をよこしてきたのだけれど、俺は一体どうすればいいんだろう3

としぞう

FB
ファミ通文庫

I lent 500 yen to a friend,
his sister came to my house
instead of borrowing.
what should I do?

イラスト　雪子

CONTENTS

第1話　後輩に気づかされる話

『求《もとむ》くんってさ、朱莉《あかり》のこと好きでしょ』

「ぶっ⁉」

あまりにも突然すぎるぶっこみに、俺は思わず吹き出してしまった。

「お、お前、いきなり何言って……」

『いきなりでもないでしょ。二人の感じ見てたらさ』

電話越しに、だるーっとした感じで話すのは桜井《さくらい》みのり。

中学時代、陸上部で仲良くしていたひとつ下の後輩であり、宮前朱莉《みやまえ》——俺の友人、宮前昴《すばる》の妹である彼女とは親友同士というなんとも奇妙な縁で結ばれた女の子だ。

みのりはいつも気怠《けだる》げで、自由で……けれど案外熱くて友達思いだ。

そんな彼女が、わざわざ朱莉ちゃんが模試で不在のタイミングを狙い、いきなり電話をかけてきた時点で、何かあると身構えるべきだったのかもしれない。

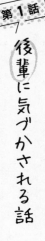

『で、どうなの？』

「ぐ……いや、その、好きとかそういうあれは……」

『そういえば、朱莉が求くんと暮らし始めてもうすぐ一ヶ月だっけ』

自分でも煮え切らないと自覚していた返事を、みのりは容赦《ようしゃ》なく受け流す。

そして、話題は俺と朱莉ちゃんの同居生活に移る。


俺と朱莉ちゃんは、この夏──8月の頭から一緒に暮らしている。

もちろん俺と彼女は特別な関係ではなくて、これまで喋《しゃべ》ったことさえほとんどない間柄だったのだけど……。

──兄に言われ、借金のカタとして参じました。これからよろしくお願いいたします。

……と、突然押しかけてきて、真剣な表情で言ってのけた朱莉ちゃんに押し切られる形で、この同居生活はスタートした。

借金のカタなんて言っても、俺が貸したのはたったの500円なんだけどな……という訴《うった》えは見事にうやむやにされつつ。

けれど、そんなめちゃくちゃな感じに始まった同居生活も、蓋《ふた》を開けてみれば悪くない──いいや、むしろ凄く良いものだった。

朱莉ちゃんは家庭的というか、家事に関しては本当に非の打ち所がなく、料理は美味《おい》しいし、洗濯物はふかふかだし、床には埃《ほこり》ひとつ落ちていないし……と、快適さしかなくて下げた頭が地面にめり込むレベルだ。

そして何より、彼女は可愛い――じゃなくて！　いや、じゃなくないけど！

とにかく、そういうんじゃなくて……いい子。そう、いい子なんだ！

よく笑うし、拗《す》ねたときもすぐに顔に出て、なんというか一緒にいて飽《あ》きない。

もっと喜んでほしいとか、もっと彼女のことが知りたいと素直に思える。

そんな不思議な緊張感が、日常に彩《いろど》りをくれるというか……。

『おーい』

「っ‼　あ、ええと……なんだっけ？」

『いや、なんも言ってないけど。そっちがいきなり黙るから』

「あ、あぁ、ごめん」

『もしかしなくても朱莉のこと考えてたでしょ』

「うっ‼」

『あ、図星。だよね。独り言で「朱莉ちゃん、好きだ。愛してる」って言ってたし』

「それは絶対言ってない！」

『ま、そだね』

電話の向こうのみのりの声はどうにも楽しげだ。からかって遊んでるな……。

彼女はそれこそ朱莉ちゃんより断然、感情表現が乏《とぼ》しい奴だけれど、付き合いが長かった分、ちょっとの変化で分かってしまう。

「ていうかさ」

『ん、露骨《ろこつ》に話題変えるんだ？』

「露骨って……いや、朱莉ちゃんは今日模試だって言ってたけど、お前はいいのかって思って。一応受験生だろ」

『ま、いちおーね』

相変わらずの気の抜けた返事。

みのりにとって模試は本当にどうでもいいことらしい。

『アタシ、推薦組だから』

「そういやそんなこと言ってたっけか」

『だから受験勉強も模試もいらないんだよね』

「……いや、推薦落ちたら取り返しつかないだろ⁉」

『そうやって縁起の悪いこと言う』

「あ……ごめん」

受験生に「落ちる」や「滑《すべ》る」は禁句。

みのりは気にしなそうなタイプだけれど、案外繊細《せんさい》な——

『ま、アタシは気にしないけど』

「しないのかよ⁉」

『ていうか、求くんはアタシが推薦に落ちると思うわけ？』

「……いや」

推薦入学と言えば、昴がそうだった。

先に受験戦争から一抜けたと随分ウザかったから、もう十年は忘れられないだろう。

そして、あいつが受かったことを考えれば……まぁ、みのりだったら問題ないだろうな。

やる気なさげな本音を隠せば、案外世渡り上手なやつだ。

朱莉ちゃん曰《いわ》く、スマイルを提供する某ファーストフード店でバイトもしていたことがあるというし、やろうと思えば外面《そとづら》はいくらでも厚くできるだろう。

「ていうか、お前だったら普通に受験したって合格するだろ……」

『んー、どーだろ。アタシ、あまり長い時間努力するのって駄目だから。飽きちゃうし』

「ああ、そういうやつだな。お前は」

『ま、朱莉からは勿体《もったい》ないって言われるけどね』

「得意げに言うくらいなら、ちょっとは言われたとおり頑張ってみろよ……」

『それはそれ、これはこれ』

うーん、自由。

結構真面目寄りな朱莉ちゃんとはあまり合わなそうだけれど、これで意外と二人揃えば息ぴったりなんだから驚きだ。

まぁ、朱莉ちゃんにもみのりにも、お互いがそういう気の許せる相手でいてくれるのは、俺にとっても嬉しいことで――って、何目線だって話だが。

『ま、そんなわけでね。こんなアタシにも期待をかけてくれる優しい親友なわけだよ、朱莉は』

「お、おう」

『しかもめちゃくちゃ可愛いし、肌もつるっつやだし、おっぱいの形もいいし――』

「な、何の話してんだ、お前⁉」

『朱莉がいかに魅力的な女子かって話。そんで、そんな朱莉のことを好きになっちゃうのは、なんも恥ずかしいことじゃないんだよって話』

みのりのトーンが真剣なものになる。

どうやら巡り巡って一番最初の話に戻ってきたらしい。いや、最初から彼女の手のひらの上で踊らされていたのかも……。

『求くんの言う通り、アタシ達って今年受験なんだよね。まぁ、アタシは推薦狙いだけど、朱莉はちゃんと受験して、めちゃくちゃ良い点取って、返さなくていい奨学金《しょうがくきん》を貰《もら》うくらいな意気込みなわけ』

確かに朱莉ちゃんならそれくらい行けそうだな。

成績優秀というのは俺が同じ高校に在学していたときから学年の壁を越えて聞こえてきたほどで、今もそれをしっかりキープしているみたいだし。

『あのさ、求くん。朱莉も超人じゃない——いや、超人みたいなもんかもしれないけど、普通に人間だよ。受験なんて緊張するし、高三の夏はしっかり受験勉強しなきゃって思ってるはずでしょ』

「あ、ああ」

『それなのにさ、その夏を丸々捧《ささ》げて求くんのところに押しかけて、頑張って家事できるアピールしてるのが全部お兄さんのためだって、そんなの求くんも思ってないでしょ』

「それは……」

『もし思ってたなら、今すぐ新幹線乗ってぶん殴りに行く』

「思ってない！　思ってないです‼」

『ならいい』

ほとんど言わされたような感じになってしまったけれど、実際彼女の言うとおりなんだろう。

朱莉ちゃんの、この借金のカタという名目で始めた同居生活に向けた並々ならぬ熱意は感じてる。いくらでも手を抜こうと思えば抜けるだろうに、全然そんな気配もないし……。

「なぁ、みのり」

『ん』

「お前さ、なんでそんなに気にかけるんだ。こういう……その、人の色恋沙汰《ざた》とか興味ないというか、むしろうざったいって思うタイプだろ」

『んー……まぁ、そうかもね』

みのりは自嘲《じちよう》するように溜息を吐《つ》く。

やけに長く、重い……実感のこもった溜息だ。

『でも、いい加減鬱陶《うつとう》しいから。朱莉も、求くんも。二人がいつまでも立ち止まってたら……アタシも前に進めない』

「みのりも？」

『……アタシのことよりも朱莉のこと』

「う……、ああ、そうだな……」

『ま、求くんのことだから心配してないよ。うん、心配してない。心配してないから、全然』

まるで催眠術師の如《ごと》く、何度も何度も「心配してない」と繰り返してくるみのり。

その効果は案外バカにできない。「心配してない」と言われるたびに、なんかこう、プレッシャーが……。

『アタシは、朱莉のこと一番の親友だと思ってる。それに求くんのことだって、本当のお兄ちゃんくらい、大――』

「……だい？」

『……こほん。まぁ、悪くないと思ってる』

「悪くない……」

それは良い評価なんだろうか、悪い評価なんだろうか。

若干《じやつかん》無理してる感じが……。

『とにかく、そういうことだから。求くんなら親友を悲しませないって信じてるから』

「うぐ……」

『ああそれと、あまり難しく考えすぎなくていいんじゃない？』

今まさに俺の頭をこんがらがらせてる張本人であるみのりが言うか⁉

『シンプルにさ、朱莉をどう思うかって話だよ。友達の妹とか、受験生とか、後輩とか……そういう建前抜きにして、白木《しらぎ》求が宮前朱莉をどう思うかってハナシ』

「友達の妹とか、抜きにして……」

それは、この生活における、ある意味一番のタブー。

そもそも朱莉ちゃんが昴の妹でなければ、この同居生活は絶対成立していない。

けれど、もしも、そんな絶対を無視していいのなら――

『求くんはさ、もっと色々適当になっていいと思うんだよね。アタシみたいに』

「……別にお前だって、適当ってわけじゃないだろ」

『うぐ……あ、アタシのことは今はいいの』

「自分から言ったくせに！」

こいつは自由だけれど、いつだってこいつなりの真剣さで色んなことに臨《のぞ》んでいる。

そして、そんな彼女だから……朱莉ちゃんのことだって、ちゃんと考えているって分かる。

『とにかく。色んなことを抜きにして、純粋に朱莉のことどう思うのか……ちゃんと言葉にして』

「こ、言葉に⁉　お前に言うってことか⁉」

『そう。だって言わなきゃ始まらないでしょ。大丈夫、朱莉には言わないし』

「そういう問題じゃ……」

『逃げてたって始まらないよ』

みのりの声は、うやむやなんて絶対に許さないという鋭さを持っている。

『ちゃんと向き合って。朱莉と、この一ヶ月に』

向き合う。その言葉はとても重く、真剣で──

「………………」

俺は改めて彼女に言われたとおり、自分の、朱莉ちゃんへの気持ちに向き合い──もう、答えを出すのにそう時間は必要なかった。

「俺は、朱莉ちゃんが好きだ」

想いを口にする、というのはもっと恥ずかしいものだと思っていたけれど、意外とそういうのはなかった。

むしろ胸のつかえが取れたような……なんだか言葉で表現しづらいけれど。

『……そっか』

みのりは短く、どこかホッとするように溜息を吐いた。

『この期《ご》に及《およ》んで逃げようとしたら、アタシもうなにするか自分でも分からなかった』

「そ、それは物騒だな⁉」

『求くん相手だとあながち冗談にもならないんだよね、これが』

今度は深々と、実感のこもった溜息を吐くみのり。

中学時代から、きっと迷惑をかけてしまっていたんだろう……全然気づけていなかったけれど。

『求くん……ううん、お兄ちゃん』

みのりは改めて俺のことをそう呼び直しつつ、こほんこほんと何度か咳払《せきばら》いをする。

「……風邪《かぜ》？」

『アタシのことはいいから。とにかく言いたいのは……そう。朱莉に告白する？』

「はぁ⁉」

確かに俺は朱莉ちゃんのこと好きって言ったさ。

でもそれは、色々無視した上での話だ。

朱莉ちゃんが昴の妹だとか、受験生とか、後輩とか……。

『じゃあ、その気持ちを一生隠して生きていくの？』

「大げさすぎる！　でも……もしかしたら、そういうことになるかもな」

俺の気持ちがどうかなんて、朱莉ちゃんからしたら関係ない話だ。

今の俺の一番の望みは、朱莉ちゃんに一か八かで想いを打ち明けるよりも、彼女にこの夏が良いものだったと思ったまま帰ってもらうことだ。

それが、この夏、彼女から沢山のものを貰った俺の義務だと思うから。

「兄の友達ってことで信用してくれてるんだ。なのにその相手が自分に下心を持ってるなんてなれば……嫌じゃないか、普通」

『ま、かもね』

「だろ？」

『でも朱莉は、お兄さんの友達だって理由で無条件に信頼するほど、バカじゃないでしょ』

「……それは」

『アタシは、他人の恋愛ごとなんか興味ないけど……朱莉は親友だし、求くんはお兄ちゃんだから、少しお節介《せっかい》かもだけど』

みのりにしては珍しく、言い淀《よど》むような素振《そぶ》りを見せる。電話越しだけれど。

少しの沈黙。俺も口を挟まず、みのりの言葉を待っていた。

そして——

『……好きって気持ちは、時間が経《た》っても簡単には消えてくれないよ』

みのりは、噛みしめるように言葉を紡ぐ。

どうしてか、一度も見たことない彼女の泣き顔が頭に浮かんだ。

分かりやすく顔をぐしゃぐしゃになんかしない、少し俯《うつむ》いて、なんでもないようなフリをして……そんな表情。

『アタシが言えるのは、それだけ。言いたいことも大体全部言ったし』

「大体、か」

『うん。また思い出したら電話するから。あと……言いたいことあったら電話してきていいよ。メッセージは打つの怠《だる》いから電話で』

「わかったよ」

『うん。愚痴《ぐち》を聞くのも妹の務めだから』

表面上はほとんどいつも通りだけれど、少し強がっている感じが……いや、彼女が隠そうとしているのなら俺がここでどんなに追求したって答えてはくれないだろう。

あと、「お前は他人の心配をしている場合か」と言われてしまいそうだし。

だから、心配性な小言を言うより――

「ありがとうな、みのり。心配してくれて」

俺は素直に感謝を告げた。

「お前に気づかされたもの……これをどうするか、どうしたいかまではまだ、分からないけれど、残りの時間、大事にすごすよ」

『……うん。それじゃあ、おやすみ』

みのりはそう言って電話を切る。

逃げるような感じだったのは、気のせいじゃないだろう。

まだ真《ま》っ昼間《ぴるま》なのに「おやすみ」なんて挨拶《あいさつ》、普通しないし。

「……なんて、本当に考えている場合じゃないよなぁ……」

人の心配をするより先に自分の心配をしろって、自分でも分かってる。

思いがけないタイミングでハッキリ恋心を自覚させられてしまった。

もう気のせいとか、朱莉ちゃんというハイスペック女子に対面していれば当然ドキドキする――みたいな、誤魔化しも利かない。

俺は、朱莉ちゃんに恋をしている。

「はぁー……」

再度、それを自覚して深く溜息を吐いた。

こんなにはっきり好意を自覚したのはいつ以来だろうか……いや、初めてかも。

もちろん初恋ってことはないけれど、一度も誰《だれ》とも付き合ったことがないのだから、恋愛耐性はほぼゼロに近い。

「朱莉ちゃんにどんな顔で会えばいいんだ……あと一週間も一緒にいるのに……」

みのりが悪いわけじゃない。むしろ朱莉ちゃんがいないこのタイミングで気づかせて貰えたのだから助かった、とも言える。

そもそも俺が勝手に朱莉ちゃんを好きになってしまったのが悪いわけで……。

「どうしよう……」

朱莉ちゃんも不在で、バイトもなくて……そんな久々に一人きりの自由な時間。

どうすごそうかなぁと先ほどまで悩んでいたのが、すごく脳天気に思えた。

もうすぐ、夏が終わる。

大学生になって、一人暮らしになって初めての夏。

友達の妹と一緒に暮らす、たぶん人生で一度きりの特別な夏。

つい先ほどまでは、それが過《す》ぎ去《さ》ってしまうのが、ただ寂《さび》しかった。

けれど、自分の気持ちを知ってしまった以上、ただ寂しがるだけでもいられなくて
……俺の中にはなんというか、焦《あせ》りに近い感情が生まれていた。

「この気持ちが朱莉ちゃんにバレてしまわないか」、それとも「彼女に告白すべきかどうか」……全く真逆の焦りが同時に存在している。

「本当に、どうすればいいんだ」

俺はただひたすら考えて、悩み続けて……けれど、答えを出すどころか、一歩も前に進める感じがしない。

この夏のことも、恋も、俺にとっては慣れないことばっかで、でも、朱莉ちゃんやみのりを巻き込んでしまっている以上、そんなことも言っていられなくて――

「……よし、こういうときは走ろう！　走って、そしたら少しは頭もスッキリするかもしれないし！」

自分にそう言い聞かせ、無理やりにでも切り替えることにした。

俺はすぐに動きやすい格好に着替え、部屋を飛び出す。

朱莉ちゃんが帰ってくる時間まで、まだ結構猶予《ゆうよ》はある。

とにかく走って、頭カラッカラにして、煩悩《ぼんのう》を捨て去るんだ！


——三時間後。


「あ、おかえりなさい、先輩。いなくてビックリしましたけど、走ってたんですか？」

「はぁ、はぁ……うん……そう……」

「って、バテバテじゃないですか⁉　こんなになるなんて、いったい何時間走ってたんですか⁉　すぐ、お着替えとシャワー用意しますね‼」

「あ、いや……大丈夫……自分で、やるから……」

「いいから、お水飲んで休んでてください‼」

……と、完全なオーバーワークのせいで、朱莉ちゃんより帰宅が遅くなったあげく、介抱《かいほう》までさせてしまった。

あまりに情けなさすぎて、恋だなんだと言ってる場合じゃなくなったのは、結果的に最初の目的を果たせたと言えなくもないかも……いや、それはさすがに開き直りすぎ……。

「わーっ⁉　先輩！　寝ちゃ駄目ですーっ‼」

本当に久しぶりに体を限界まで追い込んだ結果、朱莉ちゃんの声をなんだか遠くに感じつつ、俺は返事もできないまま、ただぼーっと項垂《うなだ》れ続けるのだった。

第2話

初めての感情に振り回される話

「先輩、大丈夫そうですか？」

「うん、ありがとう。休んでたら大分落ち着いたよ」

心配そうに見守ってくれる朱莉《あかり》ちゃんに、俺は笑顔を返す。

俺自身、まだ全然整理がついていないけれど……でも、だからって朱莉ちゃんに必要のない心配をかけるのは最低だ。

「晩ご飯、食べられそうですか？」

「もちろん。体調を崩したわけじゃないし、むしろすごくお腹《なか》減っちゃってるよ」

「よかったぁ……それじゃあすぐに用意しますね！　先輩は待っていてください！」

朱莉ちゃんはそうキッチンの方へ早足で向かう。

「ごめんね、模試の後なのに」

「いえいえ、好きでやってることですから！」

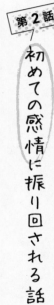

朱莉ちゃんは嫌な顔ひとつせず、ご飯と味噌汁《みそしる》、サラダを運んできて、そして――

「本日のメインディッシュは、こちらですっ♪」

「お、おお……⁉」

大皿に山盛りに積まれた、きつね色に輝くこれは！

「か、唐揚げ……⁉」

「はいっ！」

唐揚げ……鶏の唐揚げだ！

アンケートで好きなおかずを聞かれれば、ほぼ間違いなく上位に食い込んでくる、ザ・定番中の定番。

けれど、一人暮らしで作るには結構油の処理とか面倒だったり、そもそも揚げ物は火の通り加減の調整が結構難しい……と、結愛《ゆあ》さんから聞きかじっていたおかげで、朱莉ちゃんも作らないだろうと勝手に思い込んでいた。

「ていうか、こんなに山盛りに……模試もあったのに大変だったんじゃない？」

「いえいえ。朝に鶏肉をタレへつけ込んでおいたので、帰ってきてからは揚げるだけでしたし、全然ですよ」

「いや、むしろ、朝の作業の方が大変なんじゃ……」

「そんなことないですよ」

俺の心配をよそに、朱莉ちゃんはにっこりと笑う。

「良い気分転換になりますし、それに先輩が美味《おい》しいって言ってくれる姿を想像するだけで、頑張る活力が湧《わ》いてきますから！」

うぐ……⁉

どうしてこう、この子は、こんな嬉しいことを当たり前みたいに言ってくれるんだろう。

朱莉ちゃんが元来持つ真心、性格の良さがそうさせるのか……なんであれ、今の俺には眩《まぶ》しすぎる。

「冷めちゃったら勿体《もったい》ないですから、早速食べましょう！」

「う、うん。ぜひ！」

なんにせよ、アンケート人気と同様、俺も唐揚げは大好物。

しかも朱莉ちゃんがしっかり朝から仕込んでいたもの、となれば期待値は天井知らずに高まっていく。

「「いただきます！」」

俺達は同時に手を合わせ、それぞれ大皿に盛られた唐揚げに箸《はし》を伸ばす。

思えば、こうして一緒に食前の挨拶《あいさつ》をするのも、すっかり習慣になったものだ。

朱莉ちゃんが来るまで一人でコンビニ弁当を突《つ》いていたなんて、もう忘れてしまいそうなほどで。

「あ、先輩。マヨネーズつけます？」

「マヨネーズ……いや、最初はそのままいただこうかな」

そんなの絶対合う、と食べる前から確信しつつ、取り急ぎ揚げたての、ほかほかと湯気を立たせている唐揚げを一口頬張《ほおば》る。

「……!!」

噛んだ瞬間、パリッとした小気味良い感触と共に、鶏もも肉の肉汁がじゅわっと溢《あふ》れ出《だ》してくる……！

朝から染み込ませたというだけあって、もも肉自体についた醤油ベースの味付けも非常に濃厚で——なんだか、美味《うま》いと簡単に片付けることが愚《おろ》かに思えるくらいに……美味い!!

「ふふっ」

朱莉ちゃんは俺の反応を見て、感動しているのを察したのだろう。

得意げに含み笑いを浮かべる。

「今回の唐揚げ、すっごく自信作なんですよっ！」

「うん……朱莉ちゃんの手料理、どれも美味しくて甲乙《こうおつ》つけがたいけれど、この唐揚げは特に美味しいよ！」

「えへへ……先輩ならきっとそう言ってくれるって思ってました！」

朱莉ちゃんはそう嬉しそうに胸を張る。

「元々得意料理だったんですけど、先輩の好みに合うように更《さら》にアレンジしてますから、当然ですっ！」

これまで何度も手料理を振《ふ》る舞《ま》ってくれたのだ。俺の好みが完璧に把握《はあく》されているのも全く変な話じゃない。

……子どもっぽいって思われてなきゃいいけど。

「ん～！　手前味噌になっちゃいますが、今回ばかりはお店を超えてません⁉」

「うん。正直、このレベルだったら余裕で毎日通うと思う」

「ふえっ⁉」

「……え？」

朱莉ちゃんの顔が、じわじわと真っ赤に染まる。

びっくりしたように目を見開いて……あれ、俺なんか変なこと言った……？

「も、もう、先輩ったら！　そんなこと言われたら勘違いしちゃいますよぉ‼」

「え？　あ、ごめん……？」

正直に感想を言ったつもりが、何か誤解を生んでしまったらしい。

まぁでも、喜んでくれているみたいだからいいのかな。

「ほらほら先輩！　いっぱいあるんでじゃんじゃん食べてくださいっ！　マヨネーズも合いますよ〜！」

「って、朱莉ちゃん⁉　かけすぎかけすぎ‼」

テンションの上がった朱莉ちゃんによってマヨネーズまみれにされた唐揚げはさすがに──いや、やっぱりめちゃくちゃ美味しかった。

マヨネーズの酸味《さんみ》によって唐揚げの甘みが引き立ち、ご飯と合わせると、もう止まらない……！

「美味ぁ……！」

ランニングで追い込んだ後の体に染みる……！

そんなこんなで、俺はあっという間に山とあった唐揚げを平らげてしまった。

さらに二回もご飯をおかわりをして……満腹感と幸福感に包まれながら、俺はぐったりとローテーブルに項垂《うなだ》れた。

「ごちそうさま。はぁ、満腹だぁ……」

「お粗末様《そまつさま》です。ふふっ、先輩のこんな食べっぷり、初めて見ました」

「俺もこんなに食べたのいつ以来だろ。食べ過《たす》ぎて動きたくないなんて、随分久しぶりだ」

「はい、先輩。お茶どうぞ。ランニングの疲れも残ってるんですから、のんびりしててください」

朱莉ちゃんはグラスに麦茶を注《そそ》ぐと、立ち上がってキッチンに向かう。

「あっ、洗い物手伝うよ」

「休んでいていいですってば」

「でも、朱莉ちゃんだって模試で疲れてるだろうし……じゃあ、明日でもいいんじゃない？」

「いえ、揚げ物に使った油、ちゃんと今の内に処理しておけば明日の料理にも使えますから！」

そう言って朱莉ちゃんが見せてくれたのは——金属製のポットだった。

「このオイルポット、結愛さんからお借りしたんです。これにこした油を入れて冷ましておけば、また再利用できちゃうんですっ」

「へぇ……そんなのがあるんだ」

「はいっ。これで油を無駄にしなくてすみますし、今まであまりやってなかった揚げ物もいっぱいできちゃいます！」

朱莉ちゃんは嬉しそうに微笑《ほほえ》む。

その笑顔を見れば、彼女が心の底から料理が好きなんだって分かる。

一緒にスーパーに買い物に行ったとき、食材を買い物カゴに入れながらレシピを考えている彼女はいつもこうで——そんな彼女の料理を独り占めできているなんて、本当にとんでもない贅沢《ぜいたく》だと思う。

「そういうわけなので、先輩！　ちゃちゃっと片付けやっちゃいますね！」

「うん……ありがとう、朱莉ちゃん」

「いえいえ。好きでやってることですから！」

朱莉ちゃんはそう言って、跳《は》ねるようにキッチンに消えていった。

そんな彼女を見送った俺は——

（……ほんと、バカだな、俺）

顔がじんわりと熱くなるのを感じつつ、自嘲《じちょう》する。

朱莉ちゃんの言った「好き」という言葉に、つい反応してしまったせいだ。

もちろん、その対象が料理のことだなんて分かっている。

でも、ほんの僅《わず》かでも、俺に対する好意が混ざっているんじゃないか……なんて、ついついバカな期待をしてしまうんだ。

あのキラキラした目。純粋で、どこか熱を感じさせる輝きに満ちた瞳《ひとみ》。

見つめられると、なんだか自分が少し特別な存在になったみたいに思わされる。

まぁ、出会ったときからずっとそうだし、彼女の生まれ持ったものなんだろう。

惚れたことを自覚した俺だけれど、改めて考えれば「そりゃあ朱莉ちゃん、モテるよなぁ」という納得感しかない。

「朱莉ちゃん……」

「呼びました？」

「うわっ⁉」

つい、彼女の名前を呟いてしまった瞬間、タイミング良く朱莉ちゃんが戻ってきた。

洗い物をするならもっとかかると思ってたけれど……⁉

「えへへ、実は私も結構食べ過ぎちゃったみたいで。揚げ物の油だけやって、他は明日にしようかなーなんて」

「そっか」

「あ、テレビつけていいですか？」

朱莉ちゃんはそう言ってテレビのリモコンを握《にぎ》り、俺のすぐ隣に腰を下ろした。

基本的に雑談をするときはローテーブルを挟んで向かい合うことが多い。

けれど、テレビを見るときは当然テレビに向かう形で並んで座ることになる。

つまり、朱莉ちゃんがすぐ隣に――しかも肩が触れ合うくらいの距離に座るわけで。

今までも意識しないことはなかったけれど、改めて考えると……ち、近いよなぁ、やっぱり。

いや、こんな距離感でドギマギするのは、この一ヶ月を振り返れば今更なのかもしれないけど……。

「な、何か見たい番組とかあるの？」

「うーん……あるかなぁ、と思いまして」

番組をザッピングしつつ、朱莉ちゃんが苦笑する。

そして最終的に、街ブラ系バラエティで手を止めた。

「は～……もう九月の観光スポット紹介ですって。まだ一週間もあるのに」

「本当だ。テレビは気が早いね」

「でも、そうなんですよね。もう一週間しかないから」

朱莉ちゃんはしょんぼりと肩を落とす。

けれどすぐに顔を上げて、にっこり笑う。

「でもでも、オープンキャンパスとか、海とか、温泉とか……色々行けましたし、なんだか夏を満喫《まんきつ》したって感じです！」

「あはは、それは俺もだな。ていうか、朱莉ちゃんが来てくれなかったら特にどっか行くこともなくバイト三昧で終えてた気がする」

とはいえ、大学生の夏休みは長い。

朱莉ちゃんの夏休みは八月いっぱいまでだけれど、大学生は九月末までだ。

どうすごそうか……なんだか朱莉ちゃんが来る前、どうすごしていたのかあまり思い出せない。

「そうだ、朱莉ちゃん」

「はい？」

「海とかは行ったけど、他に行きたい場所とかあった？」

「行きたい場所、ですか？」

「うん。なんか夏っぽいところ」

特に意味のない、それらしい話題を振る。

というのも、なんだかこの一ヶ月の締《し》めっぽい会話に、ちょっと寂しくなってしまったからで……。

「そうですね。一番行きたかった場所には来れたので、あまり考えたことないですけど……」

朱莉ちゃんは顎《あご》に手を当て、目を閉じ、うーんと考え込む。

一番は行けたというのは……海だろうか。いや、元々こっちに来る目的だったオープンキャンパス？

ちょっと気になるけれど――

「……山」

「ん？」

「ちょっと山とか行ってみたかったかもです。ほら、海派か山派か～なんてよく言うじゃないですか。海には行けたので、逆にちょっと気になるなーなんて」

「山って言うと登山とか？　……朱莉ちゃんが？」

「むっ！　なんでちょっと引っかかってる感じなんですか⁉」

いや、まぁ、うん。登山というと場所にもよるけれど、結構な肉体労働だ。

朱莉ちゃんは、その……。

「先輩？　今、わたしのこと『体力がない』なんて思ってませんか？」

「うっ！　うーん……？」

「誤魔化さないでください！　まったくもう！」

じとっと半目で睨《にら》まれれば、俺も視線を逸《そ》らさずにいられない。

もちろん、ばっちり言い当てられてしまった気まずさもあるけれど。

「いいですか、先輩！　確かに私は最初ここに来たとき、先輩のランニングについていって無様《ぶざま》な姿を晒《さら》しましたが！」

「無様ってほどじゃ……」

「あれは体力がないんじゃなくて、走るのがちょっと苦手だったと言い訳――けふんけふん、ご説明したはずです！　そりゃあまあ、体力があるかと言えば、…………ですけど」

うにょうにょと口の中で舌だけ転がす、都合の悪い部分はあからさまな誤魔化しを入れる朱莉ちゃん。

「とにかく、その欠点もこの夏先輩のランニングに度々ご一緒させていただくことで、それなりに改善されたのではないかと自負しています！」

ふんっ、と鼻息を吐きつつ、朱莉ちゃんは自信満々に胸を張る。

確かに彼女は毎日ではないけれど、結構な頻度で一緒に走ってくれている。

でも、それはランニングというよりジョギングくらいのペースでしかない。

だから体力アップというより、寝起きの体を解《ほぐ》すくらいの負荷しかなかったんじゃないのかというのが正直なところ……いや、でも、元々あまり運動していなかったなら、あれでも十分役に立っていたのかもしれない。

朱莉ちゃんが走ることをポジティブに感じてくれているなら、付き合わせている俺としてはこの上なく嬉しい話だ。

「それと……キャンプしてみたいなって」

「キャンプ」

「ほ、ほら、最近動画とかもいっぱいあるじゃないですか、キャンプ動画！」

「確かに……俺もたまに見るなぁ」

「先輩も興味あるんですか！」

朱莉ちゃんはそうキラキラと目を輝かせてぐいっと俺を覗《のぞ》き込《こ》んでくる。

その勢いと距離感に、思わず身を引いてしまいつつだが、俺は頷《うなず》いて返した。

「そりゃあ今ブームだし……といっても道具も知識も何も持ってないんだけどね」

「まぁ今はレンタルとかもあるんじゃないですか？　それに、最初はみんな初心者ですよ！」

「た、確かにそうだね」

なんかすごく前のめりだ。

そんなに好きなんだろうか、キャンプ。

「あ、あの、先輩？」

「ん、どうしたの。改まって」

「そのぅ……先輩は、本当に全然、キャンプとか経験ないんですか？」

「え？」

「あ……いや、その……ご家族とかで、とか」

「家族でかぁ……」

海とか観光旅行になら連れて行ってもらったけれど、キャンプっていうのはないかもしれない。

いや、でも……そうだ。

「キャンプって言って良いか分からないけど、小学生くらいのときにサマーキャンプに参加したなー」

「あ……」

「まぁ、名前ほどキャンプっぽい感じでもないよ。バスに乗ってキャンプ場に行って、弁当食べて、遊んで、バーベキューしたりカレー作ったりして、夜はテントで寝て……って感じだったかな。でもほとんど大人がサポートしてくれてたから、遊んでばっかだったけれど」

懐《なつ》かしい話だ。

あのとき、大人だと思っていたお兄さんお姉さんも、ほとんどが大学生だったんだよな。

つまりあのとき大人だって憧《あこが》れていた人達と、もう同じくらいの年齢になったってわけで……いや、俺自身誰《だれ》かに憧れられるような立派な大人になれている自信があるわけじゃないけれど。

「って……この話、前もしたっけ……？」

「あっ、ええと……はい」

ちょっと気まずげに朱莉ちゃんが苦笑する。

しまった……！

同じ話を何度もするのは年を取った証拠だってどこかで聞いたことがある。

サマーキャンプに行ったたって話は確か、朱莉ちゃんが初めて俺のバイト先、喫茶『結《むす》び』に来た日の帰り道でしていて……うわぁ、呆《あき》れられてしまっただろうか。

「先輩はそこで、女の子に出会ったんですよね？」

「ああ、そういう話もしたよね」

「でも、名前は覚えてないって」

「うっ」

朱莉ちゃんはじとーっと、まるで責めるような目を向けてくる。

女の子からしたら、相手の名前を忘れるなんて不誠実って思うことかもしれない。

まぁ実際に忘れてしまったわけだし、否定のしようもないけれど。

「ふふっ、でもそういうところも先輩らしいっちゃ先輩らしいですよね」

「……褒めてないよね？」

「もちろん褒めてますっ！」

なんだか分からないけれど褒められた。

なんでか分からないからあまり喜べないけど。

「なんか、話してたら余計行きたくなっちゃいました。さすがに今年はもう厳しいかもですけど。一応受験前ですし」

「そうだね……」

キャンプとか登山とか、行くってなったら色々準備も必要だろう。

少なくとも今から、朱莉ちゃんの夏休みが終わるまでに実施するのは……さすがに無理そうだ。

「そういえば、模試はどうだった？　手応《てごた》えとか」

「あー……」

今回の模試は謂《い》わば夏休みの集大成的立ち位置だ。

それこそ、俺の家に来て成績が落ちてしまっていたら……ただただ申し訳ない。

「……どうなんでしょう？」

「へ？」

「そういえば、問題用紙に回答写してないような……ちょっと待ってください」

朱莉ちゃんはそう言って、模試に持って行った鞄《かばん》を引き寄せる。

そして中から問題用紙を取り出し……肩を落とした。

「やっぱり……！　これじゃ自己採点できないですね……」

「なんか意外なミスだね」

「普段はこんなことないんですよっ⁉」

朱莉ちゃんは恥ずかしそうに否定する。

もちろん呆れてるわけじゃなくて、むしろ可愛いなんて思ってしまったんだけど。

こういう模試とか本番の試験では、基本的に解答用紙は回収されたまま帰ってこない。

そのため、自己採点や復習のためには、持ち帰れる問題用紙に回答を記入しておかなければいけないんだ。

今回は模試だから点数だけは後日送られてくるけれど、点数だけ分かってもどうしようもないのが実際のところ。

まぁでも、朱莉ちゃんは元々優秀だし、俺の心配なんか必要ないとも思うけれど……。

「でもでも、大丈夫ですよ！　今回の模試、今までの中でも一番リラックスして受けられたんです。多分、先輩と一緒にすごしているから……なんて」

「そ、そうなの？」

「そうです！　なので大丈夫です！　むしろ普段より良い予感しかしていませんっ‼」

完全に開き直り、自信満々に胸を張る朱莉ちゃん。

あまりに堂々としすぎていて、なんだか可笑《おか》しくて——

「ふふっ」

「ちょ、先輩⁉　なんで笑うんですか、もう！」

つい笑い声を漏らしてしまう俺に、朱莉ちゃんはぷくっと頬《ほお》を膨《ふく》らませつつ抗議してきた。

　といっても本気のじゃない。お互い慣れた、じゃれるようなやりとりだ。

「とにかく先輩！　自己採点はできませんが、手応え的には間違いなく良い結果を残せていると私は自負しています！　なので……」

「……なので？」

「なので、ご褒美《ほうび》が欲しいですっ！」

「ご褒美……？」

　思いも寄らないおねだりに、俺はついオウム返ししつつ首を傾《かし》げた。

「ええと……何か欲しいものがあるってこと？」

「そうです!!」

　大きく何度も頷く朱莉ちゃん。

　その目は期待にキラキラ輝いていて、どうにも拒絶しがたい。

　ていうか、俺に何かあげられるものなんてあるだろうか……高いものじゃなければいいけれど。

「先輩！」

「は、はい!?」

「それじゃあその……」

朱莉ちゃんはもじもじと上目遣いでこちらを窺《うかが》いつつ——

「頭、撫《な》でて欲しいです……」

気を抜けば聞き逃してしまいそうなほど小さな声を絞り出す。

その、あまりに可愛すぎる要求に俺はまた呆気《あっけ》にとられてしまった。

「その、頑張ったんですから褒めて欲しいっていうか！　先輩、最近全然頭撫でてくれないですし……」

「いやぁ、それは……」

確かに朱莉ちゃんがこっちに来たばかりのときにそういうこともあったけれど……⁉

「先輩、私が何度もサイン送ってるのに全部スルーするんですもん！」

「そんなサイン送ってたの⁉」

「送ってましたよ。毎日、何度も！　……だから」

朱莉ちゃんは横並びのまま、俺の方へにじり寄ってくる。

「今日こそは、お願いします！」

そして、俺の肩にもたれかかって、ぐっと頭を向けてきた。

後頭部から伝わってくる威圧感……絶対逃がさないという強い意志を感じる。

「あ、いや、撫でるのはやぶさかじゃないんだけど……」

「では、早く！　もう待ちすぎて、もしも私が河童《かっぱ》だったら頭の皿かっぴかぴになっちゃってるくらいなんですから！」

「なにその独特な例え⁉」

逆に分かりづらくなっている感は否めないけれど、でも切実さは伝わってきた。

そうだよな、頑張ったら褒められたいなんて当たり前のことだ。

俺がどれくらい力になれるか分からないけれど……。

「よ、よしよし、頑張ったね～……」

（って、これはさすがに子ども扱いしすぎか⁉）

でも、気になってる女の子の頭を撫でるなんてことになれば、とても平静なんて保っていられなくて、どうしたってぎこちなくなってしまうのはしょうがないと思うんだけど……！

「えへへぇ……」

（あ、なんかよろこんでくれてるっぽい⁉）

朱莉ちゃんはちょっとだらしない笑みを浮かべつつ、ぐでんと俺に寄りかかってきた。

心の底からリラックスしきった、かけらも警戒していない表情。

気を許してくれているのは嬉しいけれど……でも、ここまで無防備だと、これっぽっちも男として意識されていない気がしてなんか悲しくもなってくる。

（って……何期待してるんだ、俺）

そんな男としての意識なんてなくて当たり前だ。

朱莉ちゃんにとって俺は、昴《すばる》みたいな――そう、兄みたいなものなんだ。

みのりは「昴の友達だからって理由で、朱莉ちゃんが無条件に信用するわけじゃない」と言ってくれた。

確かに俺はこの夏で、朱莉ちゃんとそれなりの信頼を築けたと思ってる。宮前《みやまえ》朱莉と、白木《しらぎ》求として。

けれど……やっぱりきっかけは『兄の友達』なんだ。根本にそれがあるからこそ、きっと築いた信頼もその直線上にしかなくて――

「どうかな。ええと……気持ちいい？」

「はい、最高ですぅ……！」

溶けてしまいそうなくらい緩《ゆる》んだ表情の朱莉ちゃんに、前に撫でさせてもらったときとは違う衝撃を覚える。

それこそ、このまま抱きしめてしまいたいくらい――いやいやいや!!

（これが、恋……⁉　キツすぎる……‼）

俺は初めて自覚した恋愛感情に振り回されながら、早速自分は恋愛に向いていないいんだろうなと苦手意識を感じ始めていた。

◆◆◆

「え、求の様子がおかしい？」

「うーん、おかしいってほどじゃないかもですけど」

今日もすっかり日課になった、喫茶『結《むす》び』に通いつつ、私は結愛《ゆあ》さんにそんな相談をしていた。

ちなみに店内には求先輩はいない。

つい先ほどお得意様への配達に出てしまったから……ちょっと寂《さび》しいけれど、そうでなくちゃこうして先輩の話を結愛さんとできないし。

そんなチャンスに私が切り出したのは、最近の先輩の様子についてだった。

なんだか少しよそよそしい感じがするのだ。ほんのちょっぴりだけど。

「寂しいんじゃない？　もうすぐ朱莉ちゃん、地元帰っちゃうんでしょ？」

「それはそうなんですけど……」

結愛さんの言うとおり、私はもうすぐ先輩の家から出て行かなくちゃいけない。

兄の借金から始まったこの夢のような時間も終わってしまう。

できることならずっと居たい！　終わらせたくなんかない!!

でも、九月になれば学校が始まっちゃうし、さすがに学校をサボってまで居着くなんて、先輩は許してくれないだろう。

私もそこまでの負担かけられないし……うう、せめて私も大学生だったらな。

大学生の夏休みは九月も続くという。

なんて羨《うらや》ましい！

「朱莉ちゃん？」

「わっ⁉　あ、す、すみません！　ちょっと考え事を……」

「ふふっ、気にしないで。全部分かってるから♪」

「えっ！　……もしかして口に出ちゃってました？」

「口には出てないけれど、顔には出てたわよ？　朱莉ちゃん、帰りたくないんだなーって。それだけ求のことーって」

結愛さんはそうニヤニヤと笑っていて、私は恥ずかしさで顔が熱くなるのを感じた。

「わ、私のことはいいんですっ！　今は先輩のことで……」

「求ねぇアタシ的には普段とあんまり変わらない印象だけど」

「そうですか……」

「でも、朱莉ちゃんの前だと違うんでしょう？　それなら……あの子も朱莉ちゃんのこと、すっごく意識しちゃってるとか！」

「ええっ⁉　それはないです！　ないないない‼‼」

「め、滅茶苦茶否定するわね……⁉」

いや、私だって、そうだったらいいなぁって思わなくもない。

……うそ。思う。すっごく思う！

もしも先輩が私のことを好きになってくれたら……そんなの嬉しいに決まってる‼

でも……それはあまりに私に都合の良すぎる夢だ。

私は先輩が好きで、一緒にいられるこの時間が楽しくて、幸せで……だから勘違いしちゃいそうになるけれど、私はまだ先輩に何も伝えていないのだ。

先輩が好きだって。恋人になりたいって。

まだ何も伝えていないのに好きなってもらえるなんて……そんな楽観が、先輩と同じ高校に通うっていうチャンスを前に、私に何もさせなかったのだ。

でもでもでも！　だからっていきなり告白して玉砕《ぎょくさい》なんてしたらもう……つらくて生きていけないし‼

「どうしたらいいの、私ぃ～‼」

「わぁ、悩んでるわねぇ。アタシも若い頃を思い出すわ」

「えっ、結愛さんも恋愛に悩んだりしたんですか⁉」

「そこは真っ先に『結愛さん、まだ若いですよ』ってツッコんで欲しかったけど」

結愛さんなんて言ったら、絶対に恋愛強者だって感じの大人の女性だ！

キレイだし、カッコイイし、優しいし、同性の私でもその色香にはくらくらしちゃうほどで。

それこそ結愛さんなら、アクセサリー感覚で彼氏もとっかえひっかえしてておかしくない――

「ちょっと朱莉ちゃん？　なんだかすごーく失礼なこと考えてないかしら？」

「か、考えてないです！　全然！　まったく‼」

あ、危ない。思考を読まれてしまうところだった！

私も、確かに言われてみれば「ちょっと鈍感かもなー」と思わなくもない。

でも先輩が鈍感なおかげで、私の下心がバレずにすんでいると思えば、むしろ相性バッチリとも言えるのでは……⁉

「先輩が鈍感で良かったぁ……」

「朱莉ちゃん、そこは残念がるべきじゃないかしら？」

「え？　どうしてですか？」

「うーん……この子も結構鈍《にぶ》いわね……」

結愛さんが頭痛を我慢するみたいに頭を押さえつつ、何かぼそぼそと呟く。

なんだろう、ちょっと気になるけど……でも、結愛さんだったら大事なことははっきり言うよね。

「でも、結愛さん。どうして先輩はそんな鈍感なんですか？」

「わっ、随分ハッキリ聞くわね～」

結愛さんはそう驚きつつ、顎に手を当てて少し考え込む。

「そういえばあんまり考えたことなかったかも……？」

「そうなんですか？」

「んー。だって、あの子がここまで鈍感ってはっきり感じるようになったのなんて最近な気がするし。まぁ、昔からあの子良スペックな割に、女っ気ないっていうか、浮いた雰囲気出さない感じでねぇ」

「ほえぇ……」

「身内贔屓《びいき》かもしんないけど……あの見た目よ⁉　キリッとしてて、シュッとしてて、鼻も結構高いし……あの子に恋愛への興味がなくても、女子の方からちょっかい出されたりするもんでしょ⁉」

結愛さんは心底残念そうに、思いっきり感情を込めて溜息を吐《つ》いた。

「アタシも、可愛い従弟《いとこ》から『好きな子できた』とか『女の子に告白されちゃった』とか、『どうしたら女子にモテるの』とか……そういう思春期っぽい相談をされるんじゃないかって心の準備してたのよ⁉」

「はぁ……」

「……まぁ、アタシのことはさておき。あの子が思春期っぽい悩みを持たなかったのは、多分アタシとか、りっちゃんちゃんのせいってところもあるのよね、きっと」

「結愛さんと、りっちゃん？」

「だって……アタシ達、すっごい美人じゃない⁉」

ストレート過ぎる自画自賛に、一瞬何を言ったのか分からなかった。

でも、おっしゃる通りではある。結愛さんも、りっちゃんもいつテレビに出てもおかしくないくらい美人だ。

「ほら、アタシとはしょっちゅう……偶《たま》に？　まぁ、まああの頻度《ひんど》で会ってたわけだし、りっちゃんちゃんとは思春期真《ま》っ盛《さか》りの中学時代をずっと一緒にすごしたんでしょ？　そりゃあ並の女の子相手じゃ物足りなくなるわよ」

「並の女の子……」

「大丈夫。朱莉ちゃんは超スーパーハイレベル美少女だから！」

「それは言いすぎじゃないですか⁉」

「アタシからしてみれば、十分求とはお似合いよんっ♪」

「おにあい……‼」

「まぁ美人耐性についてはともかく、あの子は小学生くらいから結構マイペースなんだけど、案外しっかりしてたし……単純に恋愛ごとにあまり興味なかったのかもしれないわね」

「な、なるほど」

小学校の、先輩と出会ったあのサマーキャンプからずっと初恋しっぱなしの私にはあまり分からない感覚だ。

もしも先輩が今も変わらず恋愛に興味なかったら……私もどんなに頑張っても無駄なんだろうか。

「大丈夫」

「……え？」

「朱莉ちゃんが来てから、求、すっごく変わったわ。毎日楽しそうで、生き生きしてる。本人がどこまで自覚してるかは分からないけど、朱莉ちゃんのこと、特別に感じているはずよ」

「結愛さん……」

「アタシも可愛い可愛い従弟の相手が朱莉ちゃんみたいな良い子なら安心なんだけどな～？」

「っ!!」

なんだかすごくグイグイ背中を押してくれる……⁉

もしかして何か企《たくら》んで……いやいやいや！

何を企んでいたとしても応援してくれているなら、非常に心強い味方であることは間違いない!!

「と、いうわけでぇ……あの鈍感小僧相手に頑張ってる朱莉ちゃんに、アタシから素敵なプレゼント！」

「プレゼント？　って、これチラシですか？」

「そうそう。今度開催される花火大会のやつ。毎年恒例で、結構盛り上がるのよ？」

「花火……！」

つい先日先輩と夏のイベントについて話したばっかりだけど、確かに花火はまだだった。

貰《もら》ったチラシを見てみると、五駅程度の近さで、結構な規模みたい。

開催日は……ちょうど、私が帰る前日の夜だった。

「この夏の締めに丁度いいんじゃない？　求と一緒に……二人きりでね」

「二人きりで……！」

「もちろん、朱莉ちゃんにとって最高の思い出になるために、アタシも応援するわよ？

浴衣《ゆかた》だって貸しちゃうし！」

「浴衣‼」

「アタシのお下がりにはなっちゃうけど、結構可愛いやつよ。当然着付けだってしてあげるし」

「本当ですか⁉」

いたれりつくせりだ……！

改めて結愛さんのパーフェクトさには驚くばかりだ。

そしてやっぱり、彼女が背中を押してくれているのが頼もしくて……もう何企んでてもいい！

「朱莉ちゃんは、この花火大会に求を誘うのが最大のミッションね！　もちろん、みんなで～なんて言わせちゃダメよ？」

「は、はい！」

例えばお兄ちゃんを使ってみたいなのは駄目ってことだ。

ちゃんと私から先輩に伝えないといけない。文字通りの真《ま》っ向《こう》勝負……！

「いけそう？」

「ちょっと、燃えてきました！」

そうだ。何もしなければこのまま夏が終わってしまう。

私は先輩と離ればなれになって……もしも順調に同じ大学に合格できたとしても、四月、入学のときにはもう先輩の横に別の女性が居座っているかもしれない。

（先輩と、付き合う……！）

それしかない。

結愛さんやりっちゃん、お兄ちゃんの応援に応えるためには。

そして……私の初恋を叶えるためには。

「ただいまー」

「っ‼」

カランカランとドアベルの音が鳴ると同時に、先輩がお店に帰ってきた！

私は反射的にチラシを鞄《かばん》に隠す――

――ガシャンっ！

「ひえゃぁっ⁉」

そのさなか、うっかり肘《ひじ》でお冷やの入ったグラスを倒してしまった‼

「わっ！」

グラスは落ちる前に結愛さんがナイスキャッチしてくれたけれど、中のお水と氷は無惨に床に飛び散ってしまった。

「朱莉ちゃん！　大丈夫⁉」

「求、床拭《ふ》くもの持ってきて」

「わ、わかった！」

「ごめんなさい……」

「いーのいーの。朱莉ちゃん、濡《ぬ》れたりとか、怪我《けが》とかしてない？」

「は、はい。私は大丈夫です……」

「良かった。ああ、これは全然気にしなくていいから――あ、いらっしゃいませー！」

話の途中だったけれど、お客さんが来店したので強制的に中断される。

私が結愛さんや先輩とゆっくりお喋《しゃべ》りできるのは、このお店に他のお客さんがいないとき限定だ。

日に一度か二度あるこの時間……お客さんがいないという状況を喜ぶのは良くないと思いつつ、やっぱり待ち望んでしまう自分がいる。

「朱莉ちゃん」

「あ、先輩」

「はい、代わりのお冷や。足下失礼するね」

「あ……わ、私やりますよ⁉」

「朱莉ちゃんはお客さんでしょ」

咄嗟《とっさ》に申し出たものの、正論で押し返されてしまう。

けれど、足下にしゃがみ込んで、私の溢《こぼ》した水を先輩に掃除させるのは……なんか、すごい罪悪感が……。

「ふふっ」

「先輩？」

「いや……グラスを倒したときの朱莉ちゃん、面白かったなって」

「うっ⁉」

床を雑巾《ぞうきん》で拭きながら、先輩が笑う。

一見からかうような雰囲気だけど……たぶん、私のミスを茶化して、気負わないように気を遣ってくれてるんだと思う。

だって、それが先輩だから。

(私、やっぱりこの人が好きだ)

改めて、ううん、もう何回だってそう自覚してきた。

先輩を……求くんを好きになったのは勘違いだったんじゃないかって。

あの頃、初恋をした頃の求くんはもういないかもって。

でも……そんな私のネガティブな懸念は、実際の彼を前にしたらいとも簡単に吹き飛んでしまう。

「……？　朱莉ちゃん？」

「は……！　すみません、ボーッとしちゃって！」

「別に謝らなくても。なんかずっとこっち見てたからさ。気にしなくて良いよって言いたかっただけで」

先輩はちょっと焦《あせ》ったみたいに苦笑する。

「これで、よし。朱莉ちゃん、全然気にしないでいいから。ゆっくりしていってね」

床を拭き終えた先輩は、これっぽっちも嫌な感じを顔に出すことなく私を気遣ってくれて、そのままキッチンの方へ行ってしまった。

迷惑をかけたのは私なのに……裏で手を洗ってきたんだろう、キッチンから出てきてお客さんの対応を始める先輩を見ながら、私は——

(早く大人になりたいな)

そんなことを漠然《ばくぜん》と思うのだった。

第3話　友人の妹と最高の料理を作る話

朱莉《あかり》ちゃんが帰る日まで、今日を含めてあと三日と迫っていた。

500円の借金のカタ。そんな歪《いびつ》な始まりだったこの同居生活が、俺にとってすっかり特別なものになっていたというのはもう今更《いまさら》な話で……。

「えっと、トイレットペーパーのストックはまだある。トイレスタンプは買い足しておいた方がいいかも。……うん、トイレはこれでオッケー！」

今も昼間から、朱莉ちゃんは部屋中を見て回って、日用品のストック状況をチェックしてくれていた。

彼女が帰ってからも俺が不自由なく生活できるようにとのことだけれど、その優しさが眩《まぶ》しいし、やっぱり終わりが近づいているのを感じて寂《さび》しい。

「朱莉ちゃん、何から何までありがとうね」

「……！　も、もう先輩！　それ帰る直前に言うことですからね⁉」

「そ、そうだよね、ごめん！」

「うー……なんだかしんみりしちゃうじゃないですか……」

朱莉ちゃんはそう言って肩を落とす。

不謹慎《ふきんしん》とは自覚しつつ、彼女も寂しいと思ってくれているのが分かって……少し嬉しかった。

「そういえば朱莉ちゃん」

「はい？」

「もしも来年、政央《せいおう》学院受かったらさ。朱莉ちゃんも一人暮らしするの？」

「そうですね……まだほとんど未定ではありますけど、一度りっちゃんと『ルームシェアとかどうか』って話したことはありますね」

「あー、みのりと」

確かに親友同士で一緒の大学に通うなら、ルームシェアっていうのは中々悪くないかもしれない。

まぁ、俺と昴《すばる》のときはそんな話出なかったけれど。

でも、もしも話が出たとしたって、「男同士でルームシェアなんて狭苦しい」みたいな話になって、結局実現しなかっただろうな。

「でも、女の子の一人暮らしは危ないこともあるだろうし、二人暮らしの方が安心だよね」

「ですね。りっちゃんが傍《そば》にいてくれたら私も安心というか」

あいつは結構しっかりしてるし、もちろん朱莉ちゃんもしっかりしてるし、上手《うま》いこと役割分担して――

――求《もとむ》くんってさ、朱莉のこと好きでしょ。

「ぐ……⁉」

淡々としたあの問いかけが脳裏《のうり》に蘇《よみがえ》る。

トラウマというより、俺の頭の中に残って尻を叩いてくる感じ。

みのりの名前に過剰反応してしまっている感は否めないが、朱莉ちゃんと一緒にいられる時間が残り僅《わず》かで……それまでに俺は自分の中に生まれた気持ちをどうするのか決めなくちゃいけない。

でも…………あれ？

朱莉ちゃんを見ると、彼女もなぜか神妙な面持ちで何かを考え込んでいるようだった。

そしてふと顔を上げ、俺達は互いに目を見合わせて……。

「うぁ……」

これまたなぜか、朱莉ちゃんが顔を赤くしうろたえる。

そして……そんな反応を見せられた俺も、なんだか無性に照れてきてしまう。

俺はなんで朱莉ちゃんがこんな表情してるか分からないし、きっと朱莉ちゃんも俺がなんでこうなっているのか分かっていないと思う。

ただただ、この狭い部屋を妙にくすぐったい空気が支配していた。

「あ、えと……」

「う……」

どうしたらいいか分からなくて、なんとか声を絞り出そうとして……お互い、被ってしまう。

ここにきて、朱莉ちゃんが来たばかりの感じに戻ってしまったみたいなぎこちなさが……あれ？　そうだっけ。

思えば、朱莉ちゃんは最初から明るくて、ぐいぐい俺を引っ張ってくれていた。

だから俺も彼女の存在をすんなり受け入れられて——

——そういう意味でもずっと助けられてたよな、彼女に。

俺は内向的とまでは言わないにしても、誰彼構《だれかれかま》わず仲良くできるようなタイプじゃない。

もしも朱莉ちゃんが積極的に来てくれなかったら、お互い気を遣って、顔色窺《うかが》って、ひたすら気まずいまま今日を迎えていたかもしれない。

そんな最悪に比べたら、今こうして互いにまごついているのは、ずっと些細《ささい》なことなのかもしれない。

そう思うと自然と胸が軽くなって……すっと言葉が出てきた。

「でも、あれだ。ちょっとばかしみのりに嫉妬《しっと》しちゃうなぁ」

「……え？」

「だって朱莉ちゃんと一緒に暮らせるなら、一人暮らしも楽しいだろうし！」

いや、ルームシェアなら二人暮らしか。

もちろん朱莉ちゃんは家事スキル完璧で、そういうメリットもあるだろう。

けれど、そもそも一人暮らしってのは自由な反面、結構孤独だ。

もしも気の許せる相手と暮らせるのなら、多分それが一番だって……今なら十分実感できる。

そんな思いを、そのまま口にしたのだけど——

「…………………」

朱莉ちゃんは呆然と、口を半開きにしたまま固まっていた。

「……朱莉ちゃん？」

「はっ！」

呼びかけると、彼女はハッとして、明らかに挙動不審に視線を彷徨《さまよ》わせる。

もじもじと指を擦《こす》り合《あ》わせつつ、口元を緩《ゆる》ませつつ……。

「あの、その……りっちゃんと話したのは、あくまで世間話の一環と言いますか！」

「お、おう？」

「だから……あくまで、そういう選択肢もあるよね、的な感じで！　全然真剣に話してるわけじゃなくて!!」

身を乗り出して力説してくる朱莉ちゃんに、俺は面食らって、ただ黙って聞いているしかない。

「ほら、りっちゃん、あんなんじゃないですか。野良猫っぽいっていうか、いつも自由で気まぐれで……全然たくましいし、要領だって良いし、一人暮らしでも難なくやってくっていうか、むしろ一人の方が気が楽って感じそうっていうか、だから……だから……！」

言い訳するように、焦《あせ》るように、しどろもどろになりながら——けれど最後、彼女は意を決したみたいに、真《ま》っ直《す》ぐに俺を見つめた。

「二人暮らしは、りっちゃんとじゃないといけないってわけじゃ……なくて」

どくん、と心臓が跳ねた。

喉《のど》から飛び出したんじゃないか……有《あ》り得《え》ないのについ手で口を塞《ふさ》いでしまうほどに、大きく、激しく。

「私は……もしも、先輩がいいなら……！」

――ピーッ！　ピーッ！

「っ‼」

電子音が鳴り響き、俺達は同時に肩を跳ねさせた。

いや、鳴り響いたというのは大げさかもしれない。

「せ、洗濯、終わったみたいですね！」

「そう、だね」

音源はこの部屋ではなく、廊下を挟んだ脱衣所にある洗濯機だった。

当然この部屋を満たすほどのアラーム音を放つわけではなく、テレビでも付けていれば聞こえないぐらいの、その程度の音量しかない。

けれど、今、俺達の間を満たしていた空気にヒビを入れるには十分すぎた。

「す、すみません、話の途中に！　シワになっちゃう前にちゃちゃっと干しちゃいますね！」

朱莉ちゃんは、どこか言い訳するように言葉を並べつつ、そそくさと立ち上がる。

「あ、手伝おうか——」

「いえ！　先輩はごゆっくりなさっててくださいーっ！」

反射的に手伝いへ名乗りを上げたが、秒で断られてしまう。

いやまぁ、これは完全に俺が悪い。

そりゃあ断るよな……と思いつつ、逃げていく朱莉ちゃんを見送る。

そして残された俺は——

——二人暮らしは、りっちゃんとじゃないといけないってわけじゃ……なくて。

——私は……もしも、先輩がいいなら……！

先ほどの朱莉ちゃんの言葉と表情を思い出して、なんとも言えないむず痒《がゆ》い感覚に襲われていた。

それこそもしも本当に家に一人きりだったら、顔を押さえて転げ回っていたかもしれないなんて思うくらいに、顔が、体が熱い。

（だって、アレに続く言葉なんて……ひとつしかないだろ⁉）

もしかしたら全然そんなことないかもしれない。

俺がそう思いたいだけで、全然まったくこれっぽっちもそんなことないかもしれないけど!!

「くぅ……!!」

なんかすごく悶々《もんもん》とする!

中途半端に邪魔が入ってしまったせいで、もう話を続ける雰囲気じゃなくなっちゃったし……改めて聞く勇気もないけど!

我が家の洗濯は、脱衣所の洗濯機から取り出したら、すぐ隣の浴室に干すという、完全に室内干しでやっている。

おかげで終わるまでは朱莉ちゃんと顔を合わせることはなくて、この悶々とした気持ちもいささか落ち着かせることができたのだけど……。

(もうすぐお別れだっていうのに、こんな調子のままじゃ駄目だよな……)

改めて抱えた問題の大きさを自覚させられるのだった。

◇◇◇

「ふぅ、終わりましたー」

「お疲れ様。はい、お茶入れといたよ」

「わっ！　ありがとうございます！」

朱莉ちゃんは嬉しそうに微笑《ほほえ》むと、グラスに入った麦茶をごくごくと一息で飲み干した。

「そんなに喉渇《のどかわ》いてた？」

「あはは……美味《おい》しくて。おかわりいいですか？」

「うん、どうぞ」

麦茶のポットを傾け、朱莉ちゃんの持つグラスに注《そそ》いであげる。

こんなやりとりもすっかり当たり前になった。最初はもっとぎこちなかったと思うけれど、今となってはどうだったかあまり思い出せない。

それだけ、朱莉ちゃんが目の前にいるのが当たり前だった。

「そうだ。朱莉ちゃんはどこか行きたいところとかある？」

「……え？」

「ほら、話したでしょ。キャンプのこと。さすがに今から泊まりとかになっちゃうと厳しいけど、日帰りですむところとかだったら連れてってあげれるかなって」

残り日数は僅かだけれど、この狭い部屋を中心にすごすのはあまりに味気ないだろう。

少しでも、もっとこの夏が楽しかったって思ってもらえるように、手伝えることがあればなんでもしたい。

「たとえば……そうだな。映画とか。他には…………そうだ。この辺りに住むんだったら、周りにどういうお店があるのか改めて見て回ってもいいし――」

「でしたら！」

反応が静かだったので、少し不安になって色々提案する俺を、朱莉ちゃんが遮《さえぎ》る。

すごく真剣な顔を見せる彼女に、俺も思わず息を飲んだ。

「でしたら、私、これに行きたいですっ‼」

バシーンッ！　と音が鳴るほどに、ローテーブルに叩きつけられたそれは――何かのチラシだった。

「これって」

「花火大会です‼」

「花火大会」

「……え、もしかして先輩。知らなかったんですか。明日、この近くで花火大会があるの」

「恥ずかしながら……」

そういえば、これと同じ内容のポスターが『結《むす》び』に張ってあった気がする。

伯父《おじ》さんの趣味とか、結愛《ゆあ》さんの趣味でコロコロ変わるからちゃんと見てなかったけれど。

「毎年恒例みたいですよ？」

「って言っても、俺もこの辺りに住んで半年も経《た》ってないからなぁ」

「あ、そういえばそうでした……！」

朱莉ちゃんは申し訳なさそうに肩を落とす。

「い、いやいや、気にしないで！　俺もせめて大学とか『結び』以外にも行動範囲広げてれば、もっと朱莉ちゃんを案内できたなって思うし……」

さっきの提案だって思い返せば中々に中身なかったもんな。俺がこの辺りにあまり詳しくないせいで。

花火大会だって本当は俺から提案できれば良かったのに。

「……ふふっ」

「朱莉ちゃん？」

「あ、す、すみません！　ただ……先輩が、あまりこの辺りに詳しくないって分かって、少し嬉しくなっちゃいました」

「え、なんで」

「だって……来年、私がこっちに来たら、一緒に開拓できるじゃないですか！」

朱莉ちゃんは目をキラキラ輝かせながら、ふんっと鼻息を力強く吐く。

「美味しいご飯屋さんとか、隠れ癒《い》やしスポットとか！　あっ、だから先輩、先に色々調べたりしたら駄目ですよ！」

「あ……ははっ。そうだね。分かった。朱莉ちゃんが来るの、楽しみに待ってるよ」

「はいっ！　……って、随分脱線しちゃいましたね」

そう苦笑しつつ、朱莉ちゃんは改めて花火大会のチラシを俺に見せてきた。

「じゃあ、話を戻しまして……近場のイベント開拓、第一歩目、いかがでしょうかっ！」

「うん、こちらこそ、ぜひよろしくお願いします！」

朱莉ちゃんのテンションに引っ張られ、俺は勢いよく頭を下げた。

それが余計に大げさで、なんかちょっと間抜けで——

「ふふっ」

「ははは」

俺達はどちらともなく笑い出す。

それがあまりに息ぴったりで、余計におかしい。

「よーしっ！　そうと決まれば！」

「うおっ⁉」

「晩ご飯の準備始めちゃいます！」

「え、もう？」

勢いよく立ち上がった朱莉ちゃんにびっくりしつつ、時計を見る。

まだ三時。世間で言うところのおやつタイムだ。

洗濯物を干し終えたばかりだし、ゆっくりすれば良いのにと思うけれど。

「お買い物も準備のひとつですから！」

「あー、じゃあこれからスーパーに？」

「はいっ」

「だったら俺もついていくよ。荷物持ちくらいしか役に立てないけれど」

「いいんですか！　じゃあぜひ！」

朱莉ちゃんは感激したように言いつつも、その実、俺がついていくことは折り込み済みだったんだと思う。

洗濯のときみたいに拒否されなくて良かった。

「じゃあ、近所開拓……第一回は花火大会なので、今日は幻のエピソードゼロですね！」

「もう何回も行ってるスーパーだけどね」

「ちっちっち。もしかしたら普段見逃してる隠れスイーツの名店が見つかるかもしれないじゃないですか！」

「な、なるほど」

「見つかるか見つからないか……それによってエピソードゼロが放送されるかされないかが決まるわけです！」

「放送⁉　どこで⁉」

「そりゃあもちろん…………」

朱莉ちゃんが得意げな笑顔のまま固まる。

多分、考えているんだろう。

俺はそんな彼女の邪魔をしないように黙って、答えを待ちつつ——

……じんわり、朱莉ちゃんの顔に汗が浮かんできた。

「…………私の夢の中放送局で、です！」

「おおー……」

「なんの拍手ですか⁉」

思わずパチパチと手を鳴らす俺に、朱莉ちゃんは心外そうに叫ぶ。

「いやぁ、それっぽい答え出たなって思って」

「そうですね！　偉いです、私!!」

朱莉ちゃんがやけくそ気味にバンバン手を打ち鳴らす。

それから暫《しばら》くして……。

「……何やってたんでしょうか、私達」

「うん……」

謎の熱が冷め、冷静になる俺達。

「……とりあえず、買い物、行く？」

「……ですね」

◇◇◇

「さて、先輩。突然ですがここでクイズです！」

いつものスーパーに着き、食材を見て回っていたところで朱莉ちゃんが突然そんなことを言い出した。

「なんか、初めてここに来たときみたいだね」

「え、そうでしたっけ？」

「うん、あのときも今みたいにいきなりクイズ出されてさ」

確か内容は、

――一人暮らしの男性に最も足りていないものはなんでしょう！

……だったっけ。それで、正解が――

――正解は……ズバリ、女の子の手料理ですっ！

「ふふっ」

あの答えには驚いた。

でも、あの奔放《ほんぽう》さが、今ならただただ朱莉ちゃんらしいなって感じる。

「せ、先輩？　どうして笑ってるんですか⁉」

「いや、なんでもないよ。気にしないで」

「気になりますよぉ！」

案外言った本人は覚えていないものなのかな。

俺的には結構衝撃だったし……たぶん、暫《しばら》くは頭にこびりついて離れないだろうけど。

「それで、クイズって？」

「うー……分かりました」

朱莉ちゃんはまだ気になっていたみたいだけれど、渋々クイズに進む。

別に黙っているようなことでもないんだけど……なんか自分の口から言うのは恥ずかしいので、後で思い出してもらおう。

「じゃあ、問題です！　今晩、私が作ろうとしている献立《こんだて》はなんでしょう！」

「え、献立？」

なんか思ったより普通のクイズ来た！

「ふっふっふっ！　先輩がどれだけ私のことを理解してくれているか、このクイズへの回答で分かるって寸法です！」

「そうなの⁉」

なんか思ったより責任重大だ！

「さぁ、テレビの向こうのみんなも一緒に考えてみようっ！」

「テレビの向こう⁉」

「私の夢の中放送局の視聴者さんですっ」

「それって朱莉ちゃんだけじゃない……？」

なんてツッコみつつ、考える。

まず、これまでの朱莉ちゃんの料理のレパートリーからヒントを探ってみるか。

ハンバーグ、オムライス、シチュー、肉じゃが、豚汁、唐揚げ……家庭料理の定番はもちろん。

冷やし中華、そうめん、蕎麦、冷しゃぶ……などの夏っぽい料理もたくさん作ってくれた。

あとは、餃子、麻婆豆腐、ぶり大根とか……ええと、他にもあの、名前がなんか入り組んだ感じの手の込んだ料理とか……。

(き、キリがない!!)

ほぼ一ヶ月、朝昼晩と朱莉ちゃんが食べさせてくれた手料理はめちゃくちゃに多い！

本当に頭が下がるくらいバリエーション豊かだ。

それらをヒントにして答えを出そうとするのは無謀かもしれない。

「あの、先輩。そんなに難しい顔して考えることじゃ……」

「いや、でも……うーん」

「ヒント、出しましょうか？」

「ヒント……は、大丈夫！」

朱莉ちゃんは気遣ってくれている。

その状態でヒントを貰《もら》ったら、きっと「もうそれほぼ答えじゃん！」みたいな奴が出てくると思う。

でもそれじゃあ。俺が朱莉ちゃんをどれだけ理解しているかの証明にはならない。

……まぁ、案外勢いで言っただけって可能性もゼロじゃないけれど。

朱莉ちゃん、そういうところあるから。

（いや、でも挑戦を叩きつけられたからには、全力で応える‼）

そんな変な意地を張りつつ、とにかく考え、考え……！

かん、がえ…………………

「…………カレーとか？」

（全然思いつかなかった‼）

考えれば考えるほどドツボにハマって、結局出した答えはカレー。

しかもそれを思いついた理由は、俺が今一番食べたいと思ったから……もはや正解する気ないよな、コレ。

「…………」

ほら、朱莉ちゃんだって絶句してるよ！

目をまん丸に見開いて、驚いたみたいに……驚いたみたいに？

「ピピピ、ピンポーンっ‼　すごいすごい！　先輩大正解ですよっ‼」

「あ、朱莉ちゃん⁉　お店の中だから！」

何より朱莉ちゃんの声量にビックリした。

いや、本当に腹の底から出た大声だったから。

しかも正解って……え？

「正解⁉」

「はいっ、さすが先輩！　私のこと分かってくれてますね！」

朱莉ちゃんは全身で喜びを表現するみたいに、ピョンピョン跳ねつつ、キラキラとした目を向けてくる。

これ、回答の理由言ったらめちゃくちゃガッカリされるんじゃ……？

「えへへ、ほら、さっきキャンプの話したじゃないですか。キャンプといったらカレーですから。気分だけでも……というか、私すっかりカレーの口になっちゃって」

「あぁ……」

確かに。

「ぴ……」

ぴ？

思えば俺も、今一番カレーが食べたいって理由を深掘りすれば同じかもしれない。

つまり、直感だと思って出した答えが実は核心に触れていたってことだ。

(それならもっと自信満々に答えたかった……!!)

完全に結果論だけど、ついそんな後悔を覚えてしまう。

残念ながら朱莉ちゃんを理解できているかという点においては、今回はダメだろう。

「でもでも、ただのカレーじゃないですよっ」

「え?」

「この間、唐揚げを作ったじゃないですか」

「うん」

「そのときの油、保存して再利用するために取ってあるんですよ」

「あー、オイルポットに入れてるやつ?」

「はいっ」

そう日も経《た》っていないし、ちゃんと覚えている。

でも、それがカレー作りとどんな関係が――

「先輩、カレーぷらす揚げ物……何かピンときませんか?」

「いやぁ、俺、料理はからっきしだし……カレーと揚げ物って言って……も……」

カレーに、揚げ物？

これは俺にもピンとくるものがあった。

「カツ……？」

「ズバリです！」

「カツカレー⁉」

「はいっ‼」

カツカレー……！

それは、それぞれが主役を張れる貫禄を持った、カレーととんかつが融合《ゆうごう》した最強の料理！

確かに揚げ物ができる今なら実現可能だ……どうして気が付かなかったんだろう！

「その顔……先輩もお好きみたいですね？」

「もってことは……朱莉ちゃんも？」

「もちろんです！　カツカレーが嫌いな人間はこの地球上には存在しません‼」

それはあまりに大げさすぎるけれど、わざわざ否定するほどじゃない。

それほどにカツカレーはすごいのだ！

「よし……そうなったらせっかくだし、普段は買わない良い肉買っちゃおっか！」

「い、良い肉っ⁉」

朱莉ちゃんの目の色が変わる。

普段の食費は俺の財布から出ている。

台所を牛耳っているのは朱莉ちゃんだけれど、俺の懐《ふところ》事情も察して、基本手頃な値段の食材を使ったり、タイムセールやおつとめ品を狙ったりしてくれている。

そりゃあもう、俺からしたら大助かりなんだけれど、窮屈《きゆうくつ》に感じさせてしまっているかもという後ろめたさはあった。

たまには制限なく、思いっきり料理を楽しんでほしい。

そして……そんな朱莉ちゃんの料理を食べてみたい！

幸いにもちょうどバイト代も出たところだし、金銭面的にも余裕があるし。

「いいんですか？　本当にいいんですか⁉」

「も、もちろん！」

こうも念を押されると、さすがにちょっとたじろいでしまうけれど。

そういえば朱莉ちゃんち、結構裕福だったよな。

安いは下限があるから認識も合っていたけれど、高いは天井知らずだ。

もしや、１００グラム一万円とか、そんな見たこともないような高級肉が現れるので

「ふふふ～ん♪　良い肉～♪」

でも、今更手心をなんて頼めない。

鼻歌（なぜかベートーベンの『運命』のメロディ）を奏《かな》でつつ精肉コーナーに向かう朱莉ちゃんの後ろについていきながら、俺は覚悟を決めた。

「わわわっ！　先輩先輩！　ありましたよっ！」

一足先に朱莉ちゃんが辿り着き、さっそく目的の良い肉を見つけなさった。

ええい、ままよ！　買うとも、今日ばっかりは‼

「……ん？」

朱莉ちゃんが見ている肉を覗《のぞ》き込《こ》むと……。

「100グラム……500円？」

「うわぁ……まさかスーパーでこのレベルの豚肉が売ってるなんて……しかもとんかつ用で！　おそらくここの仕入れ担当者は相当なとんかつマニアですね。間違いない！」

な、なんか凄く饒舌《じょうぜつ》になってる……‼

朱莉ちゃんのこの興奮っぷりを見るに、この肉は相当にレアらしい。焼き加減ではなく。

は……⁉

「先輩、もしやことの重大さに気が付いてないんですか……⁉」

「な、なんか大げさじゃない……⁉」

「大げさなもんですか！　いいですか、先輩。普段私が選んでいるのは……この、100グラムで100円のお肉です」

「う、うん。そうだね」

「このスーパーは一般家庭向きで、安さが売りですから、おそらくこの価格帯が一番の売れ線だと思います」

なにか威圧感まで漂わせる朱莉ちゃんの解説に、俺は何も口を挟めず、ただこくこく頷《うなず》くことしかできない。

「そして、値段が高めのものはちょっと贅沢《ぜいたく》するとき用のものですが……だいたいは、そういうのって焼肉用なんですよ！　みんな焼肉好きですし、お手軽ですから！」

そう言い切ってから、ちょっとだけ間を空けて、「完全な持論ですが」ととってつけた感じで加える朱莉ちゃん。

「それをこのお店ではなんととんかつ用で用意してるんですよ⁉　少なくとも私はあまり見たことがありません！　びっくりです！　アメイジングです！　この謎を解き明かすため、アマゾンの奥地に探検隊が派遣されるレベルです‼」

「そ、そうなんだ……」

　100グラム500円の豚肉にそれだけのものが……でも朱莉ちゃんが言うならそうなんだろう。

　あまり実感湧《わ》かないけど――

「むむっ、先輩。まだ納得されていない顔をしていますね」

「えっ、いや、そんなこと――」

「じゃあ、もっと先輩にちゃんとこのすごさを理解してもらうために……うーん……そうだなぁ……」

　朱莉ちゃんは唸《うな》りつつ、必死に考え始める。

　俺としては、もう十分納得したんだけれど――

「あっ！　閃《ひらめ》きました！」

　しばらくして、朱莉ちゃんはパッと顔を上げた。

「この500円という値段に注目してください！」

　あ……そ、それは。

「ズバリ……私が借金のカタとしてやってきた、その借金と同じ値段なんです！　つまりこの豚肉は私一人分と同等なわけです‼」

……正直、気づいてた。

でも口にしちゃ駄目だと思ったから黙ってた。

だって、いくらなんでも朱莉ちゃんと豚肉を比べるとかおかしいから！

なのに彼女の方から口にするなんて⁉

「今回のカツカレー、私は一人２００グラムで考えていました。つまり、先輩と私の分で合計４００グラムです。すなわち私四人分です‼」

すなわち、じゃないんだよなぁ……。

色々目を瞑《つむ》ったって、朱莉ちゃん一人が朱莉ちゃん二人を食べるのはもう変じゃないだろうか。

「先輩には聞こえませんか……この豚肉ちゃんたちの叫びが」

ていうかさりげなく豚肉から豚肉ちゃんに格上げされてる。

「……いいえ、私の叫びが！」

「へっ⁉」

「二人の私が、先輩に『食べてほしい』、『食べてほしい』と、こいねがっている声が……」

そう言われると豚肉の上にミニチュアな朱莉ちゃんの幻影が浮かんで……い、いやい

や‼

「た、食べてほしいって……」

「そうです……先輩に、私を食べて…………ぴえっ⁉」

漫画だったら「ボンッ！」と効果音がつきそうなくらい、朱莉ちゃんが顔を真っ赤《まか》にする。

そして目尻に涙を滲《にじ》ませながら、あわあわと明らかに動揺していて……いや、まぁ、そうなりますよね……。

「ち、違うんです。そういう意味じゃ……ええと、いや、でも……うぅ……」

「あ、朱莉ちゃん、落ち着いて」

「こうなったら、やけくそです！」

「ええっ⁉」

「先輩は私が食べたくなーる……だんだん、だんだん食べたくなーる……！」

そう念でも送るかのように両手を構えつつ、呪文を唱《とな》える朱莉ちゃん。

なんで催眠術調⁉

「二人の私が食べたくなーる……な、なんなら、三人食べたくなーる……‼」

「い、いやぁ、２００グラムで十分かなぁ、俺は」

「…………むぅ」

あ、あれ？

なんか一瞬空気がピリッとしたような……？

「先輩は私のこと、食べたくないんですか……？」

「え……い、いや……」

それって、どっちの意味だ⁉

やばい、顔が熱い。

まさかスーパーに買い物に来てこんな話になるなんて！

……スーパー？

「あらやだ、喧嘩《けんか》？」

「喧嘩は喧嘩でも、痴話《ちわ》ゲンカってやつじゃない？」

「昔を思い出すわぁ」

「お可愛いこと……」

はうわっ⁉

なんかすっかり周りの客に見られてる⁉

「あ、朱莉ちゃん。とりあえずここ離れよう？」

「……私、先輩が食べたいって言ってくれるまで動きませんから！」

ああもうこの子はまた変な意地張って‼

「……周り」

「周り？　…………はうわっ⁉」

奇《く》しくも先ほどの俺と似たような奇声を上げる朱莉ちゃん。

ようやく、他のお客さんの見世物になっていたことに気が付いてくれたようだ。

しかし――

「う……でも、四人の私がぁ……」

「それ豚肉だからね⁉」

周囲に気が付いてなお動かないとは、なんて凄まじい執念なんだ……‼

かくなる上は……！

「じゃあ、400グラムね！」

「あっ！」

俺は100グラム500円するとんかつ用豚肉を400グラム分、すなわち二パック買い物カゴに入れる。

そして、朱莉ちゃんの手を引っ張って、すぐさまその場から逃れた。

ヒュー！　と、茶化すような口笛が聞こえた気がしたが無視だ無視!!

「ふぅ……さすがに追ってはこないか」

「あ……あの、先輩」

「わ、ごめんっ！」

慌てて朱莉ちゃんの手を離す。

手を摑《つか》んだり、繋《つな》いだり……別に初めてじゃないけれど、やっぱり慣れないよな。お互い。

「あ、こっちは別にそのままでも……それより、それ、買ってくれるんですか⁉」

「あ、豚肉？　そりゃあもちろん。ていうか本気で俺が買う気ないって思ってたの？」

「……だって、思ったより高いお肉でしたし。せいぜいあってもその半額とかそれくらいかと……お財布的に大丈夫なんですか？」

「もちろん。良い肉にしようって言ったの俺だしさ」

５００円が４００グラムで２０００円。朱莉ちゃん算だと四人分。

まぁ安いわけじゃないんだろうけど、正直全然大丈夫な値段だ。

もちろん、これにプラスしてカレーの材料とか付け合わせとか買わなきゃだけど……

外食すればこれくらい普通に行くし、むしろ朱莉ちゃんお手製のカツカレーを食べられると思えば全然安い。

「むしろ、これで大丈夫？　他にも……例えば、牛肉とかだったらもっと高い、良い肉もあると思うけど」

「だ、大丈夫です！　この子がいいです！」

……なんか、すっかり豚肉に情が移ってないか？

食育教室みたいに、やっぱり食べられなくなったり――

「それに私、牛カツよりとんかつ派ですし。豚の脂《あぶら》がカレーとまた相性最高なので！うへへ、しかも100グラム500円の豚肉ですよぉ。そりゃあもう、たまらないんでしょうねぇ……うへへへ……」

あ、やっぱり大丈夫そう。

朱莉ちゃんは「この豚肉をどう料理してやろうか」と脳内シミュレーションを始めていて、実にだらしない――いや、幸せそうな笑顔を浮かべていた。

「先輩っ！　こうしちゃいられません！　すぐにカレーの食材と、とんかつに必要なものを集めますよ！」

「う、うん」

「ふっふっふっ……目指すはとんかつを完全に主役に据《す》えたカツカレーです！　……う

うん、主役だけじゃありません！　監督、演出、脚本……製作総指揮に至るまで！　とんかつの、とんかつによる、とんかつのためのカツカレーを作るんです‼」

ぐっと、高らかに拳を突き上げる朱莉ちゃん。

もう彼女にはもう今日の晩ご飯のことしか見えていないみたいなので、水を差すようなことは言わないけれど……。

（また、自分がとんかつになってる……！）

せめて、そう頭の中でツッコむくらいは許してほしい。

◇◇◇

買い物を終えて帰宅するなり、朱莉ちゃんは早速調理の準備を始める。

「今回はカツの味を最大限に引き出すカレーこそ肝なんです。作りながらしっかり味も調整しないと……！」

……とのことらしい。

さっそくエプロンをつけ、髪を後ろで一本に結んだ朱莉ちゃんは、スマホでレシピや料理動画を漁《あさ》り始《はじ》める。

完全に頭の中の知識だけで作るのではなく、ネットの知恵を取り入れながら最高の一皿を作る——その目はとてつもなく真剣だ。

「これは……ちがう。これ……あっ、ここは使えるかも……」

ぶつぶつと呟きながら、左手でスマホを絶え間《たま》なく動かし、右手でノートにメモしていく。

動画も基本倍速で、要所要所を飛ばしながら……そんな朱莉ちゃんの姿を、俺はただ圧倒されつつ眺めているしかなかった。

「うん……うん！　これならいけるかもっ！」

「お疲れ様。レシピ、できた？」

「はいっ！　といっても、ここからは実際に作ってみて、味見しつつ調整って感じですが」

「そっか……なんか、やってもらってばっかかで悪いな」

できれば何か手伝いたいけれど……朱莉ちゃんがレシピを練っている間考えても俺の役立つビジョンが一切見えなかったので、これはもう、部屋の隅《すみ》で大人しくしていた方が良さそうですね……。

「あの、先輩。もし良かったら、少し手伝っていただきたくて……お願いできたりしますか？」

「えっ⁉　俺に⁉」

「あ、えと、無理だったら全然いいんですけど！」

「いや、手伝えることがあるならぜひ！」

まさかの展開だけれど、力になれるならなりたい。

思いのほか俺が乗り気だったのでビックリしたのか、朱莉ちゃんはちょっと苦笑気味になっていた。

「お手伝いと言っても些細《ささい》なことというか……私の手も足りなくなっちゃいそうなので」

「うん、なんでもいいよ。存分にこき使って！」

「なんでも……存分に……⁉　……い、いえ」

なぜか朱莉ちゃんの目に怪しい光が灯《とも》った気がした……いや、気のせいかな。ほんの一瞬だけだったし。

「それじゃあ、本当に簡単で申し訳ないですけど、お米研《と》いでもらってもいいですか？」

「うん、分かった」

朱莉ちゃんは申し訳なさそうだけど、俺の料理スキルを思えば丁度良いレベルな気がする。

とりあえず足を引っ張らないように！

俺はそう気合いを入れつつ、手伝いのために立ち上がった。

◇◇◇

「すご………」

俺は料理のこと、全然分からないけれど、目の前の女の子がとんでもなく料理が上手だってことは理解できた。

目にもとまらぬ包丁捌《さば》きで、タマネギとにんじんをあっという間にみじん切りに。

そしてフライパンでにんにく、しょうがと共に炒め――ああ、ここからもうついていけない。

多分、火の通りが均等になるようにフライパンを振って、しんなりしたところで水と何か調味料を入れて、煮立ったところでカレールウを溶かして……さっき水と一緒に入れたやつ、何⁉

俺はただただ彼女の料理姿を追いながら、それだけで目が回りそうだった。

朱莉ちゃんの手は無駄に止まることなく、リズミカルに淀《よど》みなく動き続け……あっという間にカレーを完成させた。

いや、あっという間じゃないとは思うけれど。

ただ俺が見入って、体感時間的にあっという間だったというだけで……誰に言い訳してるんだ、俺。

「お疲れ様。えーっと、あとはカツを揚げるだけ――」

「まだです」

ぴしゃり、と朱莉ちゃんが言葉を押しとどめる。

「ここから味を微調整していきます！」

そう言って朱莉ちゃんはケチャップ、ソースなど、様々な調味料を並べる。

「な、なんか難しそうだね……⁉」

「まぁ、ベースの味付けは大体見えてるんです。あとは……どれだけ先輩好みにできるかどうかです」

「え……俺？」

「はい！　なので、先輩には味見役になっていただけたらなって」

味見役……朱莉ちゃんが手伝いを頼んだ本命はこれだったのか。

でも、初めてだ。これまでは完成したものだけ、いただいていたから。

「本当は、完璧な状態で、新鮮な気持ちで食べてもらえたら一番なんですけど……でも、それじゃあ不安で」

「不安……？」

「この間の唐揚げ。私的に会心の出来でした！　今まで先輩にたくさん料理を振る舞って、振る舞わせていただいて……先輩の好みに刺さるような味付けをドンピシャで狙いにいったんですから」

　確かにあの唐揚げは美味しかった。

　本当に、今まで生きてきた中で一番美味しかったと言っても過言じゃないレベルだった。

「でも、私はその会心の出来を超《こ》えたいんです‼」

　力強く、朱莉ちゃんは過去の自分に挑戦状を叩きつけた。

「先輩と一緒にいられるこの時間……この夏の集大成を、このカツカレーに託《たく》します！」

「この夏の集大成……！」

「ですが、真正面からぶつかってもあの唐揚げを乗り越えることはきっと叶わない……良くて、同等のものの止まりになるでしょう。なので、私は考えました……」

「これはもう、先輩も味方にしてしまえばいいんじゃないかって!!」

朱莉ちゃんはそう、清々しいドヤ顔を浮かべて胸を張った。

「私が一人では辿り着けなくても、先輩と一緒ならきっともっと美味しい料理ができると思うんです！」

「なんか、すごい重役だね、俺……」

「ふふっ、先輩には思ったことをそのまま言ってもらえれば大丈夫ですよ。だってこれは、先輩のための料理なんですから」

俺のための料理……それを聞いた瞬間、俺は反射的に彼女の両肩を摑んでいた。

「ふぇっ⁉ せんぱ――」

「違うよ」

「……え？」

「俺のための料理、じゃ違う……と思う」

衝動的に、そう否定していた。

もちろん彼女の言葉は嬉しい。

俺のために料理を作ってくれるって、そう……好きな人が言ってくれているんだ。

その言葉に込められた思いが何か、完璧に分かるわけじゃないけれど、ほぼ間違いなく、朱莉ちゃんは俺に喜んでもらいたいって思ってくれているんだろう。

けれど……もしも朱莉ちゃんが、この料理をこの夏の集大成にしたいって言うなら。

「それは、朱莉ちゃんのための料理でもなくちゃいけないんじゃないかな」

「私の、ため……」

「って、俺がどうこう言う話じゃないとは思うんだけどさ。朱莉ちゃん、豚肉買うときとかすごく楽しそうだったし、ちゃんと朱莉ちゃんだって美味しいって思えなきゃ勿体《もったい》ないよ」

朱莉ちゃんはパチパチと瞬《まばた》きを何度か繰り返す。

それこそ「そんなのまったく気にしていなかった」みたいな反応だ。

「でも、私は先輩に美味しいって思ってもらえればそれでよくて……」

「俺は、朱莉ちゃんが美味しそうにご飯を食べてるのを見るのが好きなんだ」

「ぴえっ⁉」

「もちろん、俺のために作ってくれた料理が、朱莉ちゃんにとっても美味しいものだっていうのは理解してるよ。ていうか誰が食べたって当然美味しい……って、朱莉ちゃん？」

「すき……すき……すき……すき……」

「あ、朱莉ちゃん、大丈夫⁉」

「す……ハッ⁉　す、すみません。ちょっと意識飛んでました‼」

「大丈夫……？　少し休んだ方がいいんじゃ」

「全然大丈夫です！　むしろ絶好調です‼」

絶好調で意識が飛ぶなんて、それ逆にヤバそうだけど……本人がいいって言うならいいのか……？

「でも……先輩。いいんですか。先輩も満足して、私も満足して……そんなの目指してたら時間かかっちゃいますよ……？」

「全然いいよ。一緒に考えよう。それに……料理できない俺が言えたことじゃないかもしれないけどさ、一緒に料理作るって、ちょっとキャンプっぽくない？」

「た、確かに……⁉」

完全室内。俺の仕事は味見くらいなので、冷静に考えれば全然違うけれど、でも一緒に料理するっていうのが大事なんだ。

「先輩にとっても、私にとっても最高の料理……もしもそれができたら……」

朱莉ちゃんの目に、光が灯った。

言葉にしなくたってその意味は分かる。

きっと……「挑戦してみたい」だ。

「やろうよ、朱莉ちゃん。この夏の集大成！」

「……はいっ!!　途中で音《ね》を上げたって離しませんからね！」

本当に頼もしいな、この子は。

こうして、一気にやる気を爆発させた朱莉ちゃんと二人で、俺達はあくなき味探究の旅へと出発するのだった！

◇◇◇

「朱莉ちゃん……！」

「はい……いきますっ！」

カッと目を見開き、朱莉ちゃんはそれを滑《すべ》らすように投下した！

――ジュワアァァ!!

「「……ッ!!」」

泡が弾け、しばらくするとパン粉の揚がる香ばしい香りが漂い始めた。

（き、気持ちいい……!!）

今まで動画とかで見たことがあったけれど、実際に目の前で見るとものすごい迫力だ。

これが揚げ物……これがとんかつ！

「ふふっ、癖《くせ》になりますよね」

「うん……！」

「私も初めてお母さんの横で見たとき、料理って凄いなぁなんて思いました」

温度計を見て、火加減を調整しながら、朱莉ちゃんは懐《なつ》かしそうに微笑《ほほえ》む。

「跳ねた油がおでこに当たって、泣いちゃったんですけどね」

「そ、そうなんだ」

それは痛そうだ。母親と一緒にということなら、朱莉ちゃんも小さかっただろうし。

「母も心配して、『また今度にする？』なんて聞いてくるんですけど、私は首を横に振って、諦めなくて……我ながら結構頑固だなって思いますが」

「それだけ揚げ物やりたかったんだ」

「はいっ！　だって美味しいし……男の子も大好きですから」

最後の呟きは、油が弾ける音に掻《か》き消されて聞こえなかった。

思わず聞き返そうとしたのだけど――

「先輩は揚げ物、お好きですか？」

「俺？　うん、好きだな。食感も、香ばしさも、ジューシーな感じも」

とんかつ、唐揚げ、他にも天ぷらとかコロッケとか。

挙げれば本当に好きしかない。

「まぁ、年取ったら食べられなくなるっていうし、今だけかもしれないけれど」

「先輩、そんなの全然気にする年齢じゃないじゃないですか。まだ十代ですよ？　本当の年配の方が聞いたら、嫌みだって怒っちゃいますよ」

朱莉ちゃんはクスクス笑いつつ、鍋の中できつね色に揚がったとんかつをひっくり返す。

「それに、お父さんが言ってました。揚げ物はお酒と一緒に食べると最高だって！」

「お酒かぁ……」

そのワードで真っ先に浮かぶのは、あの温泉での朱莉ちゃんの乱れっぷりだ。

――せんぱーい♪

「…………」

「先輩？　どうかしました？」

「っ……あ、いや、なんでもない！」

また思い出してしまった……幸い、あの日のことを彼女は覚えていないみたいだけど。

「先輩はお酒、お嫌いですか？」

「嫌いではないけど……飲んだことないからね」

「大学生はみんなお酒飲んでるって聞きましたけど……」

「……みのりから？」

「はい、りっちゃんから」

アイツはまた……。

「一応って言うか、お酒は二十歳になってからだから。……まぁ、こっそり破ってる人もそりゃいるだろうけど、俺は守ってるよ」

「そうなんですねぇ」

（……なんて、真面目でつまらないヤツって思われちゃったかもな）

いや、今更か。昴にも、結愛さんにも真面目すぎってからかわれる。

一緒に暮らしていれば朱莉ちゃんだって当然気が付いているだろう。

「あ……良い感じです！」

朱莉ちゃんは特に気にした感じもなく、鍋に菜箸を伸ばす。

そして、しゅぱっと、達人の如《ごと》くとんかつをすくい上げ、キッチンペーパーを敷いたお皿の上にリリースした。

「よし、これで一枚！　ガンガン揚げていきますよ!!」

「お、おー！」

特に気にした様子もなく、次のカツに衣を付け鍋に落とす朱莉ちゃん。

そんな彼女にホッとしつつ……俺は黙って彼女を見守るのだった。

◇◇◇

正直に言えば、俺も朱莉ちゃんも、このときはお互い不安に包まれていたのだと思う。

共に明るく振る舞って、その不安を隠しながら……それでも時間は止まることなく流れていく。

そして――そのときは来た。

「どうぞ……！」

「うん……！」

お互い、ごくりと喉を鳴らす。

いつものローテーブルに並んだ二枚の皿。

それぞれ、白米とカレーと……そして、白米の上には揚げたての黄金色に輝くとんかつが寝そべっている。

いよいよ完成したのだ。朱莉ちゃんの、この夏の集大成となる一皿が。

「うわ……匂い、ヤバ……！」

とんかつの香ばしさと、カレーのスパイスが容赦なく鼻腔《びこう》を刺激してくる。

結局一緒に味研究を行っていた結果、もうすっかり晩飯時だ。腹も空腹を訴えてきている。

できることならすぐさまむしゃぶりつきたい……！

でも、そんな雑に掻き込むなんて絶対ダメだ。

「……………」

朱莉ちゃんはカツカレーの盛られた皿を見ながら、緊張を隠そうともしない。

その緊張の理由は……先の味研究にある。

――せ、先輩！　これ……！

――う、美味《うま》い……今までで一番美味しいよ！

――私もです！　これ以上ないです！

――うん、これ以上ない!!

……と、試行錯誤の末、俺達は最高の味付けに辿り着くことができた。

俺も、朱莉ちゃんも好みの味が近かったというのもあって、とても順調だったと思う。

けれど……これはあくまでソース。

一品で完成していた唐揚げとは違う。とんかつを際立たせる引き立て役なのだ。

（カレー単体でも間違いなく美味しい。でも、とんかつと合わさったときどうなるか……下手したら味が喧嘩してぐちゃぐちゃになっちゃうかも……）

朱莉ちゃんは、とんかつの脂もしっかり計算に入れて味付けを考えてくれている。

けれど、とんかつと合わせて食べるのはこの実食が初めてだ。

もしかしたら、とんかつ含め味見した方が良かったかもしれないけれど……。

――や、やっぱりダメです！　せっかくの良いお肉……先輩には新鮮な気持ちで味わって欲しいです！

朱莉ちゃんのそんな要望により、とんかつを含めた味見はカットすることとなった。

もしもお店に出す料理なら、最終的な味見もなしに提供するのは御法度《ごはっと》だろう。

でも、これは俺と朱莉ちゃん……二人のためだけの料理だ。

俺達二人がこの一皿を最大限に楽しむ！　それがベストなんだ。

「それじゃあ、朱莉ちゃん」

「はい……！」

俺達は目配せし合い、同時に手を合わせる。

「「いただきます！」」

早速、カツを一切れカレールーに浸し——ふと、朱莉ちゃんと目が合った。

アイコンタクトというには大げさだけれど、俺達は互いに頷き合い、同時にスプーンですくい上げて——

「「せーのっ！」」

同時に、それぞれカツを口に放り込んだ。

「「っ‼」」

こ、これは……う……う……！

「美味いっ‼」

意識が吹っ飛ぶかと思った。

それほどに凄まじい旨味が口の中を一瞬で支配した。

とんかつの濃厚な脂と、カレーのスパイシーさが絡み合い、カレールーだけでは味わえなかった奥行きのある味わいが……もう、なんというか、凄いとしか言えない！

「朱莉ちゃん、これ本当に美味しい……え？」

俺は興奮しつつ、つい朱莉ちゃんに声をかけるけれど——

「う……うぁ……」

朱莉ちゃんは、ぽろぽろと涙を流していた。

「朱莉ちゃん……？」

「う、せんぱ……っ！」

朱莉ちゃんは自分を落ち着かせようと深く呼吸をするけれど……しかし、涙はどんどん溢《あふ》れ出《で》てきてしまう。

「だ、大丈夫⁉　もしかして何か苦いものとか入って……いや、アレルギーとか……⁉」

だとしたら大変だ。ええと、すぐに吐き出させて……救急車を呼んだ方がいいんだろうか⁉

「違います……大丈夫です……」

うろたえる俺に朱莉ちゃんは首を振る。

そっか、アレルギーとかじゃないなら良かったけれど……って、ホッとするのは早い！　まだなにも解決してないんだから——

「すごく……美味しかったんです……本当に、信じられないくらい、美味しくて……なんだか、涙が溢れてきて……」

嗚咽《おえつ》を必死に抑えながら、朱莉ちゃんは途切れ途切れに話してくれる。

俺にできるのは、ただ黙って、彼女の言葉を待つことだけだ。

「私、どうやったら先輩に喜んでもらえるかなって、嬉しいって思ってもらえるかなって」

「うん……」

「でも、先輩と一緒に料理して……味付け考えて……そしたら、本当に、すっごく楽しくて、美味しくて……ああ、どうしてもっと早く、知れなかったのかなって。そしたら……そしたら、もっと……！」

朱莉ちゃんが帰るまで、今日を除《のぞ》けばあと2日。

明日は昼までに帰り支度を終えて、夜は花火大会。

明後日は昼前にはここを出て行く……。

そう考えると、一緒に料理を作るなんて余裕があるのは今日が最後だったのだ。

「でも……最後だったからできたのかなって……だから……先輩、私……」

朱莉ちゃんはぽろぽろ涙を流したまま、一口、カツカレーをほおばる。

そして、にっこりと、幸せそうにも悲しそうにも見える笑顔を浮かべた。
「ほいひいれふっ」
朱莉ちゃんと一緒に作った晩ご飯。
すごく美味しくて、名残惜《なごりお》しい……このカツカレーの味をきっと俺は忘れないだろう。
彼女が見せた表情を、感じた痛みを、これから何度も思い出すんだろう。
そう、思った。

第４話　友人の妹と花火大会に行く話

——先輩、せっかくですから駅前で待ち合わせしませんか？

まるでデートみたいだ、という感想をぐっと飲み込みつつ、頷《うなず》く俺。

今日は花火大会。昨日入ったばかりの予定ではあるが、早くもワクワクしている自分がいる。

花火は結構好きだ。子どもの頃は地元近くの花火大会に家族で行くのが恒例だった。

でもそんな機会も減っていって、密《ひそ》かに寂《さび》しいと思っていたけれど……まさか近場で開催されるなんて思ってもなかった。

元々浴衣《ゆかた》とかも持っていないからTシャツにハーフパンツといつも通りな服しかないけれど……まぁ、先に出た朱莉《あかり》ちゃんも普段の服装だったし、大丈夫か。

「はぁ……」

ベッドを背もたれに胡座《あぐら》を掻《か》きながら、何度目かの溜息を吐《つ》いた。

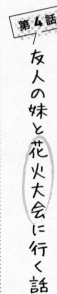

原因は、嫌でも目に入るこの部屋の姿だ。

昨日までと比べて、随分《ずいぶん》とキレイになった。

もちろん、朱莉ちゃんの荷物が纏《まと》められているからだ。

手荷物をほんの少し残しつつ、ほとんどの荷物は明日の午前、宅配便で送るために段ボールかキャリーケースに入れられ、部屋の隅《すみ》に纏められている。

本当に、色々な手段で実感を与えてくるものだ。

「やっぱり寂しいなぁ……」

朱莉ちゃんの前で言えば年上なのに情けない感じがするから、極力口にしないように気をつけているつもりだけれど……もしかしたら朱莉ちゃんも感じ取っているかもしれない。

それに――

――求《もとむ》くんってさ、朱莉のこと好きでしょ。

この気持ちにも、ちゃんと答えを出せていない。

俺が朱莉ちゃんのことを女性として好きになっていて……そうだとしても、気持ちを伝えるべきか、どうか。

「う〜ん……」

唸《うな》ったって答えは出ない。

もう今日までずっと考えてきたんだから。

「朱莉ちゃんと一緒にいる時間は好きなんだ。間違いなく……」

今のままなら俺は確実に、朱莉ちゃんが帰った後寂しいと感じるだろう。

寂しくて眠れなくなるかもしれないし、泣いてしまうかも——は、さすがに年齢的にも避《さ》けたいが。

とにかく、彼女の存在が俺の中ですごく大きく、大事なものになっているのは確かだ。

みのりのアドバイスに従うなら……きっと、この気持ちちゃんと名前を付けて、朱莉ちゃんに打ち明けた方がいいんだろう。

「なんかすごくハードル高く感じるなぁ……」

世間一般に、青春とルビを振るイメージのある高校生活を、俺は昴《すばる》と適当にだらだらと消費してしまった。

いや、それはそれで得難《えがた》い楽しい時間だったと思っているけれど、楽をした分経験が圧倒的に不足しているのも確かで……恋愛だろうがそうじゃなかろうが、俺がもっと対人経験を積んでいたらスパッと答えを出せたんだろうか。

……それはそれであっけなくて、少し嫌だけど。

「ん……」

　スマホが震える。

　見ると、昴からメッセージが来ていた。

『花火大会行くんだって？』

『朱莉のエスコート、頼んだぜ！』

　どうやら朱莉ちゃんが伝えていたらしい。

　俺は返事をスタンプですまそうとして……やっぱり、文章を打ち込む。

『ああ。もちろん』

　送ってすぐ、既読のマークがついた。

『俺も今日はデートで行くから！』

『朱莉にはどっかでちゃんと紹介したいからバッタリ遭遇はかんべんな！』

『探すなよ⁉』

　何を心配してるんだか……。

「わかったよ、と」

　すぐにこっちを疑う感じのスタンプが送られてきたので、適当なものを送り返して、終わり。

「昴は彼女と、か……」

大学に入ってできた昴の彼女は、俺にとっても知り合いで、馴《な》れ初《そ》めだって知っている。

既《すで》に彼女持ちで、今日の花火大会では正真正銘のデートを楽しんでいる……なんだかすっかり差を空《あ》けられたものだ。

「まぁ、あいつはずっと彼女欲しいって言ってたもんなぁ……」

高校じゃ完全に滑《すべ》っていて、三枚目キャラみたいになっていたし、二年からは朱莉ちゃんが入学してシスコンキャラも定着して……結局、女子の興味から完全に外れてしまったみたいだけれど。

でも、その気持ちがあったのだから、今の成功も降《ふ》って湧《わ》いたものじゃないんだろう。

これまで、彼女が欲しいとかあまり真剣に思ったことがなかった俺とは全然違う。

今まさに、降って湧いた『恋』……かもしれないものに、ただただ振り回されるだけの俺とは、全然。

「……そろそろ出るか」

このままじっとしていたらどんどんドツボにハマりそうで……まだ約束まで時間はあるけれど、出発することにした。

そういえば、朱莉ちゃんが出たの随分早かったけれど、大丈夫だろうか。

帰る前の準備とか色々あるって言ってたけれど……。

「もしかしたら、早めに着いて待ってるかもしれないし……少し急ごう」

花火の打ち上げ開始までにも、現地で場所取りをする必要がある。

まぁ、俺達は二人だけだし、朝から広場にレジャーシートを敷いて待つ、なんてしなくていいのは身軽で良かった。

とはいえ、立ち見するにしたって最低限の場所取りは必要だ。約束の時間より早くても早く合流できるに越したことはない。

それに、待たせるのも忍びないし……と考えつつ、早足で駅前に着いた俺だけれど、

「……いない」

当然と言えば当然か。

約束の時間、十七時まではまだ三十分ほどある。

もちろん、これも全然想定していたので、このままゆっくり待たせてもらうことにしよう。

◇◇◇

「…………遅いな」

時間は十七時半に差しかかろうとしていた。

既に待ち合わせを三十分すぎてる。

周りには同じく花火大会に行く目的で待ち合わせしている人達が増えてきているけれど、朱莉ちゃんの姿はまったく見つからない。

（一応ラインも送ってるけれど……）

もしかしたら向こうも着いていて、でもお互い見つけられていないだけかもしれないので、約束の時間になった段階で着いた連絡はしているけれど……返事はない。

（また送ろうか。いや、なんか煽《あお》ってるみたいだしなぁ……）

約束に来なくて怒る、というより連絡がないのが心配だ。

（もしかして何かトラブルがあったとか……？）

だとしたらこんなところにいる場合じゃない。

すぐに彼女を探しに……って、俺、朱莉ちゃんがどこ行ったか知らないし！

９月刊ラインナップ

新作
モンスター娘TD
ボクは絶海の孤島でモン娘たちに溺愛されて困っています
VSラシオン騎士団編
著：竹井10日　イラスト：有河サトル

新作 B6判
アラサーがVTuberになった話。
著：とくめい　イラスト：カラスBTK

新作 B6判
攻撃力+999の付与術師、最強パーティーを作る
～「聖剣があるから俺は不要？　ありがとう」とブラック勇者を見限ったが、攻撃力+200の聖剣で大丈夫か？～
著：ぺもぺもさん　イラスト：まろ

B6判
いずれ最強に至る転生魔法使い2
著：飯田栄静　イラスト：冬ゆき

FBN vol.189　2022年8月30日
発行：株式会社KADOKAWA
〒102-8177　東京都千代田区富士見2-13-3
企画・編集：ファミ通文庫編集部
https://famitsubunko.jp/

高校生と暗殺者——
魂が入れ替わった二人の冒険が今始まる。
渋谷センター街
MokyuCafe
ART

新作 B6判

二世界物語
世界最強の暗殺者と現代の高校生が入れ替わったら

著：深見 真　イラスト：ウスダヒロ

現代日本の高校生、久住海斗。異世界アトランテラの暗殺者アベル・グランジ。ある日、二人の魂が入れ替わってしまう。それぞれの世界で彼らは生き残ることができるのか!?

ひと夏のワンルームドキドキ同棲生活、
決意の第3弾!!
友人に500円貸したら借金のカタに妹をよこしてきたのだけれど、俺は一体どうすればいいんだろう3
著：としぞう　イラスト：雪子
500円返済という名目ではじまった求と朱莉の同棲生活も終わりがみえてきてしまった。そんな夏の終わり、せっかくなので二人で花火大会を見に行くことにする。そして求は、花火大会の日に向けて、決心をする――。

FBN
FAMITSU BUNKO NEWS
2022.8
VOL.189
ひと夏のワンルーム
ドキドキ同棲生活第3弾!!
友人に500円貸したら借金のカタに
妹をよこしてきたのだけれど、
俺は一体どうすればいいんだろう3
著：としぞう　イラスト：雪子
今すぐチェック!
FBファミ通文庫

（電話……そうだ、電話！　とりあえず電話しよう！）

俺は急いでスマホを開く。

そして、電話を掛けようとした瞬間——まさにその朱莉ちゃんから電話が掛かってきた。

「もしもしっ⁉」

『ひゃっ⁉』

悲鳴⁉

っていうより、びっくりしたみたいな——

「あっ、ごめん！　いきなり大声出して……」

『い、いえ！　私こそすみません！　遅刻しちゃって……』

「ううん、全然……それより大丈夫？　何かあったなら、無理しなくても」

『大丈夫です！　今ちょうど着いたところなので……！』

「え、ほんと？」

つい顔を上げ、辺りを見渡してみるけれど……人、人、人。

ほんの一瞬の間にどんどん人が増えてる⁉

これじゃあ、朱莉ちゃんを見つけるのも大変だ。

「朱莉ちゃん、どの辺り……って、切れてる」

そして電話も切れていた。

まいった。これじゃあ着いたっていっても合流は至難の業《わざ》──

と、そのとき──何かに袖《そで》を引っ張られた。

「先輩」

「え……」

何かじゃない。

彼女は……彼女は。

「お待たせしました、先輩」

「朱莉、ちゃん？」

「はいっ、朱莉です！」

うっすらと額に汗を滲《にじ》ませつつ、朱莉ちゃんは微笑《ほほえ》む。

多分ここまで走ってきたんだろう。ちょっと息が上がっていて……いや、それよりも！

「浴衣……」

朱莉ちゃんは浴衣を着ていた。

白い、透き通った川を金魚が泳いでいるような、そんな夏感のある浴衣。

髪も結《ゆ》っていて、化粧もしていて……すごく、綺麗だ。

「はいっ、せっかくなので着ちゃいました」

照れくさそうにはにかむ朱莉ちゃん。

「ポストモダン、というのでしょうか。とっても素敵じゃないですか、これ！」

「う、うん」

朱莉ちゃんは浴衣のことを言っているみたいだけれど、可愛いのは朱莉ちゃんも含め全部だ。

浴衣も、髪も、化粧も、手に持った小さな巾着袋も。

彼女自身も。

全てが可愛くて、綺麗で……どきどきする。

「それ、どうしたの？」

「実は結愛《ゆあ》さんにお借りしたんです。着付けもお化粧もやってくれて。お互い妙に拘《こだわ》っちゃったせいで、すみません……遅刻しちゃいました」

「なるほど。ううん、全然いいよ」

待った以上のものを十分見せてもらえたから。

「でも水くさいなぁ。浴衣着てくるんだったら言ってくれれば、俺だってちゃんと準備したのに」

問題は俺だ。約束より三十分早く着こうが、こんなラフな格好じゃ朱莉ちゃんの隣に立つ資格がまるでない。

家族で行く花火大会と同じ感覚だったのが間違いだったか……穴があったら入りたい。

「ふふっ、全然いいですよ。だって、お誘いしたのだって昨日だったわけですし」

多分、朱莉ちゃんはもう何日か前から準備をしていたんだろう。それこそ結愛さんと。

あの人……また今度は何を企《たくら》んでんだか。

「それに……サプラーイズ、です！　先輩をびっくりさせたくて」

「あ……」

「えへへ。普段だったら照れくさくて、恥ずかしくて、ちょっと聞くの怖いですけど

……」

朱莉ちゃんはその場でくるっと回る。

まるで時間がゆっくりになったみたいに。

彼女の周りに鮮やかな花が咲いたみたいに。

絶対に目を離せない、瞬きができない魔法をかけられたみたいに。

この瞬間、世界の中心は間違いなく、朱莉ちゃんだった。

「今日の私、可愛いですか？」

ぴたっと止まり、少し照れくささの混じったはにかみ笑いを浮かべる朱莉ちゃん。

俺は……そんな彼女に見とれて固まってしまっていたけれど、なんとか首だけ動かして、頷く。

けれど朱莉ちゃんには不服だったらしい。

ぷくっと頰《ほお》を膨《ふく》らまし、一歩距離を詰め、ぎゅっと俺の手を握ってきた。

「ちゃんと言葉で言ってくださいっ」

「う……」

絶対に逃がさない、と大きな瞳《ひとみ》が訴えてくる。

でも、改めて言うのはなんかすごく恥ずかしくて……いや、そんな言い訳してる場合じゃない！

朱莉ちゃんは言うまで絶対離してくれないだろう。

それこそ花火が上がってもこのままかも……？

俺も、逃げてないでちゃんと……ちゃんとしなきゃ！

「すごく、すごく可愛い……です」

「……!! えへ……えへへっ！」

朱莉ちゃんは目を見開いて、まるで堪《こら》えきれなかったみたいにわなわなと頬を震わせて、にやにやと崩れた笑みを浮かべた。

「もう、先輩。なんで敬語なんですかー」

ぺしぺし、と俺の腕を叩きつつ、嬉しさを隠そうとしない朱莉ちゃんに、なんだか胸がほっこりする。

「ふふふっ、でも嬉しいです！　頑張った甲斐《かい》がありました！」

「あはは、せっかくの花火大会だもんね」

「それもありますけど……先輩、気づいてないんですか？」

「え？」

「今日……初めてなんです」

「は、初めて……？」

「初めて、先輩と二人っきりでのお出かけなんですよ？」

「あ……」

近所に買い物とか、バイト先の喫茶店を往復したりとか……そういう日常的なものじゃない。

みのりがいたオープンキャンパス。

そこに結愛さんと昴が加わった海水浴。

こういうイベントらしいイベントでは、いつも他の誰かが一緒にいた。

けれど、今日は朱莉ちゃんと二人きり。

この夏の終わりにして、初めての……。

「だから、先輩」

朱莉ちゃんは俺の手をぎゅっと握り、微笑む。

「今日は、私のことだけ見ていてくださいねっ！」

「っ……！」

「って、花火大会だから花火も見ないとですねっ。あははっ」

や、やばい。

やばすぎる……可愛すぎる……！

俺は早々に、自分の理性が保つかどうか不安になりつつ、朱莉ちゃんに引っ張られる形で、手を繋《つな》いだまま、駅に向かって歩き出すのだった。

◇◇◇

花火大会は、最寄り駅から五駅ほど離れた先に会場が設置されている。

まだ打ち上げまで二時間弱あるけれど、電車には、それこそ浴衣を着た人がたくさんいて、既に混み合ってるんだろうなと十分予想がついた。

「せんぱい、せんぱい」

「ん？」

電車の中で立ちながら、朱莉ちゃんが声をかけてくる。

「会場、次の駅ですけど降りないでくださいね」

「え？」

「いいですから」

ひとさし指を口元に当てて、朱莉ちゃんがウインクする。

俺はわけもわからず、ただ頷くしかなかった。

朱莉ちゃんに言われ、会場のある駅からさらに二駅も先に来てしまった。

ほとんどの乗客が降りて、電車はガラガラだったけれど、ここから戻るとなれば……。

「……うわ」

丁度、反対方面（会場に向かう方）の電車が止まっているけれど、通勤ラッシュみたいになってる……！

「先輩、行きましょう」

「えっと、本当にここでいいの？」

「はいっ。あ、でもちょっと歩きます」

「それは大丈夫だけど……」

手を引かれ、ホームから離れる……まぁ、いいか。

朱莉ちゃんには何か目的があるみたいなので、俺は黙ってついていくことに決めた。

「えーっと……こっちかな……」

駅から出ると、朱莉ちゃんはスマホを睨《にら》みつけつつ歩いて行く。

一応花火大会が行われる川沿いみたいだけれど、街灯が照らすばかりで非常に静かだ。

（もしかして、目的は花火大会じゃないのかな？）

見たところ何かのメモに従っているみたいだ。

そういえば結愛さんが絡んでいるみたいだし、まさかあの人が何か企んでいるとか……いやいや。

朱莉ちゃんは、初めて二人っきりで出掛けるって言ってくれたんだ。

そんな、結愛さんとグルになって騙《だま》し討《う》ちするなんて——

「先輩！　見て見てっ！」

「え？　あ……！」

なんか、盛り上がってる？

そのまま朱莉ちゃんについていくと……なんか、道に沿うように縁日みたいな出店が出ていた！

「ここ、ちょっと端《はし》っこの方で離れちゃいますけど、花火が見れる隠れスポットなんです。ネットの記事とかにも載ってないんですって」

「へぇ……！」

「なんて、偉そうに言っちゃいましたが、全部結愛さんに教えてもらいまして」

「ああ、結愛さんが……」

ごめんなさい、結愛さん。俺、貴方《あなた》のこと疑ってました。

不慣れな俺と朱莉ちゃんが場所取りだけでいっぱいいっぱいにならないように気を利かせてくれたんだろうか……今度ちゃんとお礼言わないとなぁ。

「先輩、あそこっ！　金魚すくいありますよ！」

「わ、本当だ。こういうところにもあるんだなぁ……」

「私、小さい頃見て以来です！　ね、ね！　やりましょ！」

ぐいぐいと腕を引っ張る朱莉ちゃんに連れられるまま、金魚すくいの屋台にやってきた。

「お、カップルかい！　いいねぇ！」

「ふぇ！　あ……そ、そうれす……」

屋台のおじさんに声をかけられ、顔を真っ赤にしつつ頷く朱莉ちゃん。

カップルという言葉に反応してのものだと思うけれど……俺も驚いた。

「そんじゃ、お二人さんで挑戦な。うちは紙のポイだけだが、それでいいかい」

「はいっ！」

朱莉ちゃんが勢いよく頷き、ポイを受け取る。

ポイっていうのはあれだ。和紙の張られたわっかのヤツ。

これ以外にもモナカでできているのも見たことがあるけれど、どっちも水に弱くてすぐ破れる。

「よーし」

金魚すくいなんて何年ぶりだろうか。

中学、いや、小学校……それも低学年とか以来か？

なんであれ、ポイを握ったらやる気が出てきた。

「へへっ、彼女にいいとこ見せてやんなっ！」

「はいっ」

「ひょぁ……！」

おじさんに頷き返すと、なぜか隣の朱莉ちゃんが変な声を出した。

っと、集中集中……！

確かコツは、ポイを水の流れに逆らわずに入水させ、金魚を持ち上げるのではなく弾き上げる感覚で——

「あーっ！　兄ちゃん残念！　破れちまったなぁ！」

「うぐ……………」

……全然駄目だった。

やっぱり聞きかじった適当な感じじゃ上手《うま》くいかないな……と、思いつつ隣を見ると。

「…………とりゃっ」

可愛らしいかけ声と共に、ぽーんと金魚が宙を舞い——ぽちゃっと朱莉ちゃんの持つお椀の中に着水した。

「おおっ！」

「嬢ちゃん上手いねぇ！」

「えっへっへっ」

得意げにはにかむ朱莉ちゃんはさらに一匹ゲットし、それと同時にポイを破ってしまった。

「結果は二匹か。すごいな、嬢ちゃん」

「この浴衣のおかげかもしれませんねっ」

「ははは、仲間だと思ってこいつらも油断したかもなぁ！」

おじさんは調子よく言いつつ、朱莉ちゃんが取った金魚二匹を持ち帰り用のビニール袋に入れてくれた。

「ほいよっ」

「わぁ……ありがとうございます！」

景品の金魚二匹を嬉しそうに受け取る朱莉ちゃん。

俺はついつい、この後この金魚どうしよう……とか考えちゃうんだけど、なんだか嫌な大人になったみたいで、つらい。

「えへへ、取れちゃいました」

「あんなに上手いなんてびっくりだよ」

「私もです！　実はやるの、初めてで」

「えっ、そうなの⁉」

「ビギナーズラックかもしれませんね」

朱莉ちゃんは金魚の入ったビニール袋を目線まで上げ、興味深そうに眺めている。

俺が抱《いだ》いた感想を朱莉ちゃんは持っていないみたいで……なんか眩《まぶ》しい。

「そうだ、この子達の名前考えました！」

「名前」

「ええと、こっちが……あれ、どっちがどっち……？」

両方とも真《ま》っ赤《か》な体なため、見分けが付かないらしい。今も元気に袋の中を泳いでいて、全然大人しくならないし。

「に、二匹まとめて、キンちゃんとギョッくんです！」

「キンちゃん、ギョッくん……」

二匹合わせると、キンギョ。

なんとも分かりやすいというか、ストレートというか……雑というか。

まぁ、分かりやすいのは良いこと……なのかな？

「ちなみに、キンちゃんは金魚の金からとってます」

「うん」

「そしてギョッくんは、金の反対でギョクです！」

「ギョク……？」

ギョクってなんだ？

金の反対のギョク……？

「ふっふっふっ。ギョクは、ズバリ将棋の玉です！」

「……じゃあ、逆じゃなくない？」

「ほえ？」

「金……というか、玉の逆は王になるんじゃ」

「…………………はっ‼」

短いフリーズを経て、朱莉ちゃんはようやく辿り着いたように声をあげた。

思いっきり口をあんぐり開けている……そんなに衝撃だったのか。

「良い名前だと思ったのにぃ……！」

「いや、でも、良い名前ではあるんじゃないかな？　ギョクくんも——」

「ギョッくんですっ」

「そ、そうそう。ギョッくんも喜んでると思うなぁ」

「でも、勘違いで付けられた名前なんて嫌じゃないですか……？」

「い、いや、でもさ。キンちゃんとセットにしたら、キンギョになって可愛いんじゃない？」

「はっ……！　なるほど！」

どうやら今初めて気が付いたらしい。

「キンギョ……キンギョ……だじゃれ？」

「うぐっ⁉」

なんか俺がダジャレを言ったみたいになってる⁉

確かに朱莉ちゃんからすれば、俺発祥みたいになってるかもしれないけど……なんか納得いかない‼

「じゃあ、名前の由来は改めつつ……よろしくね、キンちゃん、ギョッくん！」

……まぁ、朱莉ちゃんは嬉しそうにしているので水をさすのは野暮《やぼ》か。

「あっ、リンゴ飴《あめ》ありますよ！　せんぱい、せんぱいっ♪」

「わっ、足下気をつけてね⁉」

朱莉ちゃんは次の出店を見つけて、忙しそうに駆けていく。

浴衣に合わせて下駄を履いているから、つい転んでしまわないか心配しつつ、後をついていく。

(でも、縁日か……)

ここに広がっている出店は、普通のお祭りに比べると小規模で、多分近所の人達が楽しむために開かれているんだろう。

夏と言えばお祭り、縁日、盆踊り。

金魚すくいやリンゴ飴でこれだけ喜んでくれるなら、そういうところにも連れて行ってあげられたら良かったな。

もちろん今年はもう無理だけど……来年とか。

「はいっ、先輩の分！」

「あ……」

ぼーっと考えつつ辺りを見渡していたら、リンゴ飴を買ってきた朱莉ちゃんが内一本を俺に差し出してきた。

「あ、もしかして嫌いですか？　リンゴ飴」

「いやっ、そんなこと……ていうか食べたことないかも」

「えっ、そうなんですか！」

朱莉ちゃんは最初びっくりして……なぜかニヤリと笑う。

「じゃあ……リンゴ飴に関しては私が先輩ですね」

「あはは、そうなるのかな」

「はい、あーん！」

「……え？」

朱莉ちゃんは俺にリンゴ飴を渡さず、口元に突きつけてきた。

「後輩は先輩に従うものですよ。ほら、あーん！」

「あ、あーん……」

どこか小悪魔的な笑みに圧倒されつつ、俺はおずおずと口を開き——一口、リンゴ飴をかじる。

「甘……」

「それが、リンゴ飴ですからね！」

砂糖の甘さをリンゴの甘酸っぱさが引き立てているのだろうか。

なんか、すごく甘く感じる。

「えへへ……じゃあ、はいっ」

「ああ、ありがと……って、これ朱莉ちゃんが食べてた方じゃ？」

渡されたリンゴ飴を反射的に受け取るが、さっき俺が食べたのより明らかに食べ進んだものだった。

間違ったんだろうか、と朱莉ちゃんを見返すと――

「あーん……！」

今度は受け手として、大きく口を開け構えていた！

「え……⁉」

「あーん」

「あ、朱莉ちゃ――」

「あ――んっ！」

その行為が何を意味するのか、さすがに分かるけれど……でも、これは中々に恥ずかしい……！

とはいえ、恥ずかしがって固まっているわけにもいかない！

朱莉ちゃんは口を開けたまま動かないし、周りの人たちからもなんだか生温かな視線を感じるし！

つい生唾を飲みつつ、俺はおそるおそるリンゴ飴を朱莉ちゃんの口元に差し出す。

そして、その先っぽが唇《くちびる》に触れ――

「んむっ」

しゃくり、という軽快な音を鳴らしつつ、朱莉ちゃんがリンゴ飴を囓《かじ》る。

な、なんとも言えないこの感覚はなんだ……⁉

妙にぞくぞくするというか、なんというか――

「そ、それじゃあ先輩！　そろそろ場所取りしましょうかっ！　ほら、人も増えてきましたしっ！」

「あ……」

逃げられた⁉

ていうか、リンゴ飴！

俺が朱莉ちゃんの持ったままで、朱莉ちゃんが俺の――

――しゃくっ。

「あっ……‼」

気づいているのか、いないのか、朱莉ちゃんが一口、俺が囓ったリンゴ飴を囓った。

いわゆる、間接キス。

「あ、朱莉ちゃ――」

時既に遅し、と思いつつも、余計手遅れになる前に、と声をかける……が、

「っ！」

え……今、あからさまに顔を逸《そ》らした、よな？

明らかに聞こえていて、分かった上で無視している……みたいな。

でも――

（耳、真っ赤だ）

今日は髪を結っているからよく見えた。

耳も、そしてうなじも、じんわり赤く染まっている。

（これって、そういう……？　いや、いやいや！）

まるで朱莉ちゃんがわざとリンゴ飴を入れ替えたみたいだなんて……あまりに、俺に都合の良すぎる考えだけど、でも……。

（ああ、絶対顔真っ赤になってる！）

勝手に朱莉ちゃんの気持ちを想像したのもそう。

そして、これから取ろうとしている行動も……そう。

それはあまりに勇気が必要で、俺が今までしてこなかった苦手分野で……怖い気持ちも、あるけれど。

――シャクッ。

「……!!」

朱莉ちゃんが勢いよく振り向く。

お互いの視線がぶつかって……朱莉ちゃんは、すごく驚いた顔をしていて。

「……美味しい、ですか？」

目を細め、微笑んだ。

「うん、甘酸っぱくて」

「大人の味、ですね」

朱莉ちゃんはこちらに歩み寄ってきて、俺の手に触れる。

「いい、ですか？」

「……うん。もちろん」

返事と共に彼女の手を握った。

朱莉ちゃんは口元を崩して、すぐに握り返してきてくれる。

それから、花火が始まるまでの、少しの時間。

俺と朱莉ちゃんは何も話さず、花火が上がる前の、真《ま》っ暗《くら》な空を眺めていた。

お互いリンゴ飴を食べながら。
手を、握り合いながら。

第5話 先輩と花火大会に行く話

まるで夢の中にいるみたい。
ほわほわして、温かくて、幸せな時間。

花火大会の、先輩との待ち合わせの前。
私は一足早く先輩の家を出て、結愛《ゆあ》さんの家に来ていた。
「これでよしっ！　ほら、朱莉《あかり》ちゃん。どう？」
結愛さんに着付けしてもらって、お化粧までしてもらって。
姿見に映る自分は、なんだか自分じゃないみたいだった。
普段と違う私。本当にちっちゃな頃以来着たことのなかった浴衣《ゆかた》。
なんだか、魔法をかけられたシンデレラみたいだ。

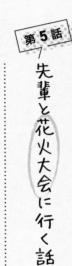

「喜んでもらえたようで何よりね」

私はまだ何も言葉を返していなかったのに、結愛さんは全部察したみたいに満足そうな笑みを浮かべる。

「……っ！」

「わっ⁉　ちょ、どーしたの、朱莉ちゃん」

私は……つい、思わず、結愛さんに抱きついていた。

「浴衣、せっかく着付けたのに崩れちゃうわよ」

「私……結愛さんに会えて、本当に良かったです……！」

「な、なによいきなり……まったく、この後浴衣返しにくるんでしょ？　そんな今生《こんじょう》の別れみたいな……」

「だって……だってぇ……！」

「こらこら、泣くのは本当に駄目。まったく……手のかかる妹ができたみたい」

結愛さんは中腰になって、お化粧が崩れてないか覗《のぞ》き込《こ》んで確認してくれる。

「あっ、みたいじゃなくなるかもしれないのか」

「っ⁉　き、気が早いですよ！」

「ふーん、気が早いってことは、いつかはそうなるつもりってことよね？」

「あ、あぅ……」

「ふふっ、朱莉ちゃんらしくなった。これから勝負だっていうのに、湿《しめ》っぽくなってちゃ駄目よ？」

結愛さんはそうパチッとウインクする。

そして、腕時計を見て……げっ、と声を漏らした。

「いけない。すっかり夢中になって時間すぎちゃった」

「えっ？　あっ、待ち合わせ!!」

「ま、求《もとむ》のことだから怒らないでしょうし……ちょっと遅刻するくらいのほうが、印象植え付けられるかもしれないわね」

「ゆ、結愛さん……！」

「あはは、ごめんごめん。そんな顔しないで。近くまで送ったげるから、ちょっとお店で待ってて。アタシ車出してくるから」

結愛さんはあまり悪びれた感じもなく笑って誤魔化す。

まったくもう……と思いつつも、私のために時間をかけてくれたのだから、文句を言うのは間違ってるとは思うけれど。

でも先輩、本当に怒ってないかな。車でもここから駅までだと……大体、三十分くらいの遅刻になっちゃうけど……。

そう思いつつ、結愛さんに言われたとおり、下の『結《むす》び』に入店した。

浴衣なんて着るの久しぶりだけれど、意外と歩きやすくてビックリかも。

「やあ、朱莉ちゃん。こんにちは」

「あ、店長さん。こんにちは、お邪魔してます」

カウンターに立つ店長さんが、わたしに声をかけてくれる。

結愛さんのお父さんで、先輩の伯父《おじ》さんだ。

「浴衣、すごく似合ってるね」

「本当ですか！　えへへ……」

「ああ、結愛の小さい頃を思い出す……なんて言ったら失礼か。ごめんごめん」

「いえ……結愛さんは、私の憧《あこが》れなので！」

「ははは、ありがとう。憧れられるに足る娘かどうかは……まぁ、頷《うなず》きがたいけれどね」

マスターはそう言いつつ、カウンターにひとつ、ティーカップを置く。

「どうぞ。サービスのハーブティーだ。気持ちが落ち着くよ」

「わっ、いいんですか？　ありがとうございます！　いただきますっ！」

甘い香り……それに、すごく好きな味だ！

「美味《おい》しいです……！」

「ははっ、良かった」

店長さんはにっこりと微笑《ほほえ》み、温かい目を向けてくる。

なんだか、くすぐったい。

「結愛じゃないが……求のこと、よろしく頼むよ」

「え？」

「朱莉ちゃんみたいな子が、彼の傍《そば》にいてくれるなら安心だからね」

「……だと、いいんですけど」

店長さんの言葉は嬉しい。

けれど、それは、私が先輩にとって特別ってことだ。

私にとって先輩は特別。

けれど、先輩にとって私がそうかは……まだ分からない。

「朱莉ちゃん、行くよー！」

「あっ、はい！　店長さん、ありがとうございました！」

「頑張って」

「っ！　……はいっ‼」

深々とお辞儀をして、『結び』を後にする。

この夏で、先輩の家の次に長くいた、大好きな人達が働く大好きなお店。

みんな笑顔で送り出してくれたから……浴衣を返しに来るときも、また笑顔で来れたらいいな。

◆◆◆

少し前までの私には想像もつかなかった。

大好きな人の隣に立って、同じものを見て、感じられるなんて。

結愛さんに教えてもらった穴場スポット……で、いいんだろうか。

あまり混まなくて、それでも花火がゆっくり楽しめる場所には、いくつか出店が出ていて、なんだかお祭りに来たみたいでテンションが上がってしまった。

特に、金魚すくい！

結愛さんから貸してもらった浴衣がまるで金魚が泳いでいるみたいな柄で、すっごく可愛くて……。

——今日の私、可愛いですか？

——ちゃんと言葉で言ってくださいっ。

つい、そう大胆に、生意気に迫ってしまったのだけど……。

でもでもっ！

——すごく、すごく可愛い……です。

先輩だってそう言ってくれたんだから！

浴衣とお化粧の効果は絶対あるけれど、でも、すっごく真剣に言ってくれた！

それだけでもう、今日は記念日レベルに最高なのであるっ‼

——今日は、私のことだけ見ていてくださいねっ！

う……あ……！

だ、だから、ちょっとくらい余計に大胆で生意気なこと言っちゃうのだって仕方ない
……そう、仕方ない！

そう自分に言い聞かせつつ、私は殆《ほとん》ど先輩を引っ張る形で、このプチ縁日を思いっきり楽しんだ！

金魚すくいは初めてだったのに、二匹も取れちゃった。キンちゃんとギョッくん。

あと大好きなリンゴ飴《あめ》もあって、ついつい買っちゃって！

甘くて、美味しくて……テンションが上がった私は、先輩にあーんして、あーんしてもらって――

（あれ？　もしかして今、先輩のと私の、それとなく入れ替えられるんじゃ……!?）

元々私が食べていたリンゴ飴は先輩が持っていて、先輩のために買ったリンゴ飴（さっき先輩にあーんして食べてもらった方）はわたしが持っている。

こ、これを交換しなければ……か、かか、かんせつ……!?

……そんな悪魔の囁《ささや》きのような閃《ひらめ》きに襲われて……つい。

「そ、それじゃあ先輩！　そろそろ場所取りしましょうかっ！　ほら、人も増えてきましたしっ！」

「あ……」

先輩気付いてる!!

ど、どうしよう！　すぐに間違いを認めて謝った方が……でも……。

（あー！　あ――!!　聞こえなーい!!）

――しゃくっ。

乗りかかった船。かかり始めた出囃子《でばやし》！

私は先輩の声が聞こえないフリして、リンゴ飴を囓《かじ》った！

（間接キス……先輩と間接キス……!!）

ああ、だめだ。にやけちゃう。

卑怯な手段で得た報酬だと分かっていながらも、嬉しいと思ってしまう。

（ごめんなさい、先輩。すぐにお返しを――って、今からお返しするのはかなりハードルが高いのでは⁉）

気が付いていなかったフリをするにも、「私、間接キスしました！」と高らかに宣言するようなもの……！

そんなはしたない――って今もかなりはしたないけど!!

どうしよう……言うか、言わないか……!!

――シャクッ。

「……!!」

後ろからした音に、思わず振り向いていた。

先輩と、視線がぶつかる。

まさか先輩が、そのリンゴ飴を食べてくれるなんて思わなくて、ビックリして……。

でも、先輩の顔を見て、そのリンゴ飴みたいに真っ赤になったほっぺたを見て、

「美味しい、ですか？」

なんだかすごく、かわいいって思ってしまった。

「うん、甘酸っぱくて」

「大人の味、ですね」

無意識に出た言葉。

でも、意味はなんだっていい。

先輩が照れくさそうにはにかんで、私もつい頰《ほお》が緩《ゆる》んじゃって。

今、私達は同じ世界にいる。同じものを共有してる。

そう心から思えることが本当に幸せに思えた。

◆◆◆

ずっと、ずっと、この時間が続いてくれたらいいのに。

明日になっても、こんな一日が待っていてくれたらいいのに。

――ヒュー……パンッ。

瞬きも、呼吸をするのさえもったいないくらい、綺麗な光。

(すごい……)

私はそれを見上げながら、こっそり隣の先輩を覗き見る。

「うわぁ……」

まるで子どもみたいに目をキラキラ輝かせて花火に見入る先輩。

確か、花火を見るの自体かなり久しぶりって言ってたっけ。

なんだか可愛くて……ちょっと嫉妬《しっと》する。先輩にじゃなくて花火にだけど。

(いや、花火に嫉妬って)

自分で思って、つい苦笑してしまう。

本当にこの一ヶ月で私は、自覚できてしまうくらいわがままになった。

先輩の隣にいることが夢から、当たり前になって。

当たり前みたいに名前を呼んでくれて……先輩が傍にいてくれないと、寂《さび》しくて、胸が苦しくなって。

花火大会の、まさに花火が上がってるこの瞬間だって——視線を独り占めしたくなってしまう。

(先輩……私、ここにいますからね)

言葉は出さず、ぎゅっと握る手に少し力を込める。

ぴくっと一瞬先輩の手が震えて、でも応《こた》えるみたいに先輩からも握り返してくれる。

「綺麗、ですね」

「うん……なんだか圧倒される」

先輩は心ここにあらず、といった感じでぼんやり答える。

ううん、花火に心を奪われているんだ。

確かにすっごく綺麗な花火。派手で、今も——わっ⁉

——ヒューッ、パンパンパンッ！

花火がたくさん打ち上がって、それがさらにいくつにも分裂して、弾ける。

まるで一瞬昼になったみたい。それほどに眩《まばゆ》く、美しい光が一瞬夜を塗《ぬ》り潰《つぶ》した。

「おぉ……！」

周りの人達も感嘆《かんたん》の声を漏らしつつ、拍手する。わたしも、先輩も。

「会場の方は喝采《かっさい》でも起きてるかな」

「ふふっ、かもですね」
先輩の冗談みたいな言葉に思わず笑いつつ……あ、手、離しちゃった。
もう一度握り直したら変かな……？
そう思いつつ、またおずおずと先輩の手に触れる。
「……っ」
またぴくって先輩の手が震える。そして——
（あ……！）
先輩の方から、そっと私の手を握ってくれた。
嬉しい……なんだか、心が通じ合った気がして。
先輩の方を見ると、もう顔は花火の方を向いていた。
でも、花火の光に照らされて、顔がほんのり赤くなっているのが分かって……。
（ああ、幸せだなぁ……私。多分、生きてて一番、幸せ……）
まるで夢の中にいるみたい。
ほわほわして、温かくて、幸せな時間。
少し前までの私には想像もつかなかった。
大好きな人の隣に立って、同じものを見て、感じられるなんて。

ずっと、ずっと、この時間が続いてくれたらいいのに。

明日になっても、こんな一日が待っていてくれたらいいのに。

（でも……花火が終われば、この時間も……）

時間が経《た》てば経つほど、花火が激しく、彩り豊かになるほど、私の中で寂しさが膨《ふく》らんで、ちくちく胸を刺してくる。

花火大会が終われば……明日の朝になれば、私は帰らなくちゃいけない。

先輩の家にじゃなく、私の家に。先輩を遠く感じる、元の生活に。

ちょっと前まで一ヶ月なんて永遠みたいに長くて、終わるなんて思ってもいなかった。

「おおお……」

空に、有名なアニメキャラの形をした花火が弾け、歓声が上がる。

どんどん派手に、奇抜になって、クライマックスに向かって駆け抜けていく。

私はただそれを見上げるしかなくて……たまらなく綺麗なのに、胸が締《し》め付《つ》けられる。

「朱莉ちゃん……？」

先輩の、心配するような声にハッとした。

いつの間にか、私は花火から目を逸《そ》らすように俯《うつむ》いて、先輩の手もぎゅっと潰すくらいの勢いで握ってしまっていた。

終わりを直視したくなくて。先輩と離れたくなくて。
私は、せっかくのこの時間に、そんな現実逃避をして……！
「ご……ごめんなさいっ！」
「あ、朱莉ちゃん⁉」
恥ずかしくて、つらくて……とても耐えられなくて私は逃げ出してしまった。
花火にも、先輩にも背を向けて……後ろにいた花火見物をしていた人達を押しのけて。
（嫌だ。嫌だ。嫌だ。嫌だ。嫌だ！）
終わって欲しくない。離ればなれになんてなりたくない。
そう、子どものように駄々をこねることしかできない自分が、本当に嫌だった。
涙が出てきて止まらない。どれだけ拭《ぬぐ》っても、拭っても、次から次に溢《あふ》れ出《だ》してくる。
先輩も突然の行動に呆《あき》れてしまっただろう。
変な奴だって、愛想を尽かしてしまったかもしれない。
この夏で積み上げてきたものを、私は自分の手で崩してしまったのかもしれない。
（でも……でも……‼）
きっと、自分の手で崩さなくても同じだった。
夏は終わって、私は家に帰って、また先輩がいなくて当たり前の日常が帰ってくる。

私はそんな日常の中で、先輩とすごした夏を思い出して、満足して……。

（また、あの頃と同じ……）

初めて先輩と……求《もとむ》くんと出会った小学四年生の夏。

あれから何年も、何年も……私は思い出に支えられて生きてきた。

でも、そんな思い出に頼り切った私は、いざ先輩と再会しても、下手をして思い出が壊れてしまうのが怖くて……何もできず、怖《お》じ気《け》づいてしまった。

きっと私は何も成長していない。

兄に無理を言って、先輩の家に転がり込む口実を作ってもらって、転がり込んで……夢のような時間を過ごして。

夢がいつか終わるって知っていても目を逸らして、先輩や、結愛さん、りっちゃん達の優しさに甘えて、ただ受け入れるだけ。

先輩のためにって、役に立てるようにって、得意な家事とかは頑張ったけれど。

でも、先輩との仲を深めるとか……告白するとか。

そういうことは何もしなくて……できなくて。

「痛……！」

足の指に鋭い痛みが走り、蹲《うずくま》る。

無理して走ったせいか、鼻緒《はなお》が擦《す》れて血が出ていた。

「本当に、私って――」

もう、自分がどうしたいのか分からなかった。

ただ分かるのは、結局全部、最後の最後で私は、全てを駄目にしてしまったことだけ。

立ち上がる力ももうない。

もう、このまま消えてしまいそうな――

「朱莉ちゃんっ‼」

「ぁ……」

「良かった。一瞬見失ったかと」

先輩はホッとしたように溜息を吐《つ》く。

「な、なんで……？」

「え？」

「だって、花火……」

「……さすがの俺も傷つくな」

先輩はそう漏らしつつ、しゃがんで、私の頭を優しく撫《な》でてくれた。

「朱莉ちゃんが急に走り出したのに、それでものんびり花火眺《なが》めてる奴なんて思われてたなんて」

「なんてね。朱莉ちゃんが何かつらい気持ちになっているのに気づけなかったんだ。本当に、ごめん」

「あ、そんなこと、私……」

先輩の声はどこまでも優しくて、苦しくなる。

勝手に私がネガティブこじらせて、先輩に迷惑をかけてるだけなのに……。

「とりあえず……朱莉ちゃん、ちょっとごめんね」

「え……えっ⁉」

先輩が一言断って、私の体に手を回した――と思ったら、急に私の体が浮き上がって⁉

「ええええっ⁉」

「ごめん。本当にちょっとだけだから。ごめんっ！」

先輩は何度も謝りつつ、私の体を抱き上げた。

こ、これってお姫様だっこ⁉

嫌でも先輩と目が合って、でもすごく恥ずかしくて、慌てて両手で顔を隠す。

「えーっと、確か来るときに……朱莉ちゃん、ちょっとだけ我慢して」

先輩はそう言いつつ、歩き出す。

確かに今は花火大会の真っ最中で、ほとんどの人がそっちに目を向けてて……でも、こんな普通の町中でお姫様抱っこなんてされるなんて!!

恥ずかしい。でも嬉しい。嬉しいって思ってしまうのが情けない。

私はもう頭の中がぐちゃぐちゃになるのを感じながら、結局されるがまま、運ばれるがまま先輩に身を委《ゆだ》ねるしかなかった。

「よし。朱莉ちゃん、下ろすよ」

「は……ひゃい」

……本当にちょっとだけだった。一分にも満たない僅《わず》かな時間。

先輩はそっと優しく、私をベンチの上に下ろしてくれた。

ここ、来る最中に通りがかった小さな公園だ。

「あ、あの、先輩」

「少し待ってて。絆創膏《ばんそうこう》、買ってくるから」

「え、ばんそうこう……あっ」

私が靴擦れしてるの気が付いてたんだ……！

先輩は駆け足で公園の外にあるコンビニに向かう。

その最中にも、花火は変わらず上がっていて……音が聞こえるのはもちろん、ここからだと木とか建物に遮《さえぎ》られているけれど少しだけ見える。

（先輩、あんなに楽しそうだったのに……）

花火を見上げる先輩の表情を思い出すと、罪悪感で苦しくなる。

私のせいで、先輩から楽しい時間を奪ってしまった。

私が、ちゃんと我慢していれば……今だって……。

「朱莉ちゃん」

「きゃっ⁉　せ、先輩⁉　早くないですか⁉」

「そりゃあもう、全速力だったから」

そう爽《さわ》やかに笑う先輩の顔には、確かにちょっと汗が浮かんでいた。

息も若干《じゃっかん》だけど荒いような……？

「だって、こんな時間に朱莉ちゃんを一人で放っといたら、どんな悪い虫が寄ってくるかも分からないだろ？」

「そ、そんなこと……」

「あるって」

即答されると、なんだかこそばゆい。

先輩は照れくさそうに頬を掻《か》きつつ、買ってきたばかりの絆創膏の箱を開ける。

「あ、自分でやります――」

「いいから。そのまま座ってて」

先輩はしゃがみ込んで、丁寧な手つきで私の足に触れた。

好きな人が、私の足を触ってる……そう思うだけで、足の感覚が何倍にも敏感に膨れ上がってるような錯覚《さっかく》を覚える。

「これでよし……っと」

鼻緒で擦れた部分に絆創膏を貼るだけなので処置はすぐに終わった。

そこまでしてくれなくていいのに……と思いつつ、先輩に下駄を履かせてもらう。

絆創膏が足と鼻緒の間でクッションになって、随分楽になった。

「あ、ありがとうございます」

「ううん、気にしないで」

先輩はにっこり微笑んで……けれど、すぐに表情を曇《くも》らせた。

「先輩？」

「あー、いや……その、余計《よけい》なお世話だったら、それでいいんだけど」

そう言いつつ、先輩が差し出してきたのは――メイク落としだった。

（あっ！）

ハッとして目元に触れる。

鏡がないから分からないけれど、散々泣きじゃくって走ったんだ。目元まで乱暴に拭った。

せっかく結愛さんにやってもらったメイクも、ぐちゃぐちゃになっちゃってる。

「ごめんなさいっ、私……！」

「き、気にしないで！　いや、むしろ俺が気遣うべきだよね。ちょっと離れてるから、ほら、スマホとかで確認してもらってさ」

「は、はい……」

ああ、なんで私、こんなにダメダメなんだろう……。

先輩が背を向けてくれている間に、インカメで確認すると……やっぱり、目元が崩れてしまっていた。

悲惨《ひさん》とまではいかないけれど、メイク道具は持ってきてないし、もう拭き取るしかない。

「ありがとうございます、先輩……使わせていただきます……」

「あ、いや、うん」

背中越しに、先輩が気まずそうに頷く。

――今日の私、可愛いですか？

ああ、そういえば私、そんな風にはしゃいでたな。

可愛い着物を借りて、ばっちりメイクしてもらって……まるで魔法にかけられたみたいに、自信満々に、ハイテンションで。

でも、終わりの鐘が鳴る前に、私は逃げ出してしまった。

魔法が解けるより先に自分でダメにしちゃって……なんてバカなんだろう。

「朱莉ちゃん」

「……せんぱい」

「ゆっくりでいいよ。気にしないでいいから。俺のことも、花火も」

顔も見ていないのに、私の心の内を察したみたいに、先輩は優しく、囁く。

「ごめ、ん、なさい……」

ああ、でも、駄目だ。

目頭が熱くて、鼻がつんとする。

涙腺《るいせん》が完全にバカになって、全然せき止めてくれなくて。

私は、メイクを落としながら、泣かずにはいられなかった。

「大丈夫」

「せんぱい……」

「大丈夫だよ。大丈夫」

多分先輩は、なんで私が泣いているのか、そもそもなんで私が逃げ出しちゃったのか、まだ分かっていないと思う。気になっているとも思う。

でも、何も聞かずに、ただ傍にいてくれる。

それが私には何よりも嬉しくて……申し訳なく感じるんだ。

「もう、大丈夫です」

鼻を思い切りすすって、涙を引っ込ます。

もうメイクも完全に落とした。使ったメイク落としを丸めて巾着袋に入れつつ、私はとにかく笑顔を取り繕《つくろ》いながら先輩に声をかけた。

「朱莉ちゃん……本当にもういいの？　まだ――」

「大丈夫です。それよりも……ごめんなさい、先輩。いきなり走り出して」

「いや……」

先輩は溜息を吐くみたいに言葉を絞り出す。

「もしかして俺、朱莉ちゃんに無理させてた？」

「え？」

「花火を見ながらさ……俺、ずっと別のこと考えちゃってて。だから朱莉ちゃんが走り出したとき、しまったって思って……もしかしたら、嫌な感じになっちゃってたかなって」

別のこと？　先輩も何か、花火を見ながら感じていたの？

気になって、問いかけようと口を開いて――でも、それより先に、先輩は首を横に振って打ち切ってしまう。

「ごめん、また俺、自分のことばっかだ。せっかく朱莉ちゃんが、花火大会に行こうって誘ってくれたのに」

先輩はそう言いつつ微笑む。

でもその微笑みはどこか苦しげで、今にも泣いてしまいそうなほど弱々しくて……私は瞼《まぶた》の奥が熱くなるのを感じながらも、先輩の手を握った。

「あ……」

「わ、わたし……」

嫌だ。こんなの嫌だ。

私だけじゃない。先輩も、何か抱えていたんだ。

なのに、私はただ先輩を困らせるだけで、いつも、押しつけてばかりで……！

先輩の苦しみを癒《い》やしてあげたい。

抱きしめて、私も「大丈夫だよ」って伝えてあげたい。

でも……！

「ありがとう、朱莉ちゃん」

「……え？」

「本当に俺は駄目だな。気遣わせてばっかで……でも、俺のことはいいんだ。それよりも朱莉ちゃんの──」

「駄目ですっ！」

「……え？」

「先輩のことなんか、じゃないです！　そうやって、気持ちに蓋《ふた》、しないでください……」

ああ、どうして私は、こんなに不器用なんだろう。

ただ思ったままを口にすることしかできない。

先に逃げたのは私だ。先輩を困らせたのは私だ。

その私がこんな偉そうに言えた義理じゃない。

それは分かってる。

でも……このままじゃきっと、私も先輩も、お互いに壁を作って、一歩引いて、そのまま本当にお別れすることになっちゃうから……。

だから、私は……！

「私、寂しかったんです‼」

もう、思いっきり全部、ぶちまけることにした！

「えっ⁉」

「だって、明日でお別れなんですよ⁉　私、帰らなきゃいけないんですよ⁉　この花火大会は、先輩とすごせる最後の時間で、だから思いっきり楽しもうって……最高の、思い出にしようって……」

駄目だ。泣くな私！

「思い出になんて……したくない……先輩と一緒に過ごした、特別な時間……」

泣いちゃ……泣いちゃだめなのに。

「花火が終われば、この夏も終わっちゃう……だから……花火が終わるのが、嫌で、つらくて……寂しくて……」

「だから……逃げたんだ」

先輩の言葉に、頷く。

もう目の前は滲《にじ》んで、全然見えなかった。

「バカですよね……そんなことしたってなんの意味もないのに。結局、楽しい思い出に泥を塗っただけで、先輩に迷惑を掛けただけで……」

「迷惑なんかじゃないよ」

「迷惑ですよ！　だって、ずっと楽しかったのに！　私が逃げ出したりなんかしなかったら、今も一緒に花火を眺めて、お互い、笑顔でいられたのに……！」

遠くの空で、バンバンバンと盛大に花火が弾ける音がした。

きっとフィナーレだ。

つまり……もう、花火大会は終わる。

私の夏が、終わる。

「わたし……わたし……」

ああ、もう、酷《ひど》い。こんなのただのやけくそだ。

お互い遠慮するのが嫌だからって、抑え込んでいたものを一方的に吐き出すだけ吐き出して。

けれど、一番肝心《かんじん》なことは言えなくて。

もう消えてしまいたい。

花火みたいに、盛大に爆発したんだから、そのますんって消えてしまえたら楽なのに。

ああ、結局先輩を困らせただけだ。

今度こそ呆れられ……ううん、面倒くさいヤツって嫌われちゃったかな――

「……え？」

思考が無理やりぶった切られた。

私は突然のことに呆然と声を漏らすしかない。

だって……だって……。

先輩が、ぎゅっと、私のことを抱きしめてくれたから。

「せん、ぱい……？」

「……もしも嫌だったら、振り払って」

抱きしめられて、先輩の顔は見えない。

でも、余裕のない、絞り出すようなその声に、私の胸がきゅうっと締め付けられた。

「俺も同じなんだ」

「……え？」

「花火を見ながら、同じこと思ってた。終わるな……終わるな……って」

私を抱きしめたまま、先輩は言う。

真剣に……みじんも嘘だって疑う余地のない、真っ直《ま》ぐ《す》すぎる言葉で。

「俺にとって、朱莉ちゃんと過ごしたこの一ヶ月は、本当にかけがえのないものだったんだ。楽しくて、あったかくて……本当に、夢みたいで」

「先輩にとっても、ですか……？」

「もちろん」

先輩はそう頷き、微笑む。

そして、私が落ち着いたのを確認して、ゆっくりと体を放した。

「初めての大学生活。初めての一人暮らし。初めてばかりで、何から手を出していいのか分からなくて……とりあえず大学の授業はちゃんと出ようとか、バイトはやっとこうとか、目の前のことをやるだけでいっぱいいっぱいになっちゃって」

先輩はそう自嘲《じちょう》するけれど、一人暮らししていない私からしたらそれでも十分立派だと思った。

きっと先輩は、私がいなくたって……

「でもさ、朱莉ちゃんが来て、そんな生活が一変したんだ」

「私……？」

「そりゃあ最初はビックリしたし、意味分かんなかったよ。めちゃくちゃな理由で押しかけて、その日から住むなんてさ。面倒くさい、と思わなかったと言えばきっと嘘になる」

「う……!!」

「でも……それは最初だけだったよ」

先輩は懐《なつ》かしむように言う。

その目はすごく優しくて、その目を見ているだけで先輩の気持ちが伝わってきて……とくん、と心臓が音を立てた。

「別に家事ができるから、とかそういう合理的な話じゃないんだ。なんていうか……朱莉ちゃんは俺と同じ時間をすごしてくれた。いっぱいいっぱいで、初めてずくめな生活の中で、君は同じものを見て、一緒に悩んで、時には引っ張ってくれて、時には俺が引っ張って……ただそれだけで、『分からない』も『初めて』も、全部がただただ楽しくて、わくわくして……なんか、上手《うま》いこと言えないのがもどかしいな」

先輩はどこかたどたどしく、でも、真っ直ぐ本心を話してくれた。

「だから、さ。花火はすごく綺麗で、本当に来て良かったって思ったけれど……同時に、これがこの夏の最後なんだって思ったら、寂しさもあって。今、朱莉ちゃんの気持ちを聞いて、『同じ気持ちだったんだ』って思ったら、少し、嬉しいというか……って、泣かせちゃってるのに、嬉しいは駄目だよね⁉」

優しく笑って、でも失言したと思って焦《あせ》った表情になって……ころころ表情を変える先輩は、元々用意していたわけじゃなくて、今初めて自分の気持ちを言葉にしてくれているんだって分かった……私のために。

(ああ、私、やっぱり、どうしたってこの人のことが好きだ)

先輩は真面目で、優しくて……不器用だ。特に自分のことになると本当に不器用。

バイトしているときの接客は完璧なのに、家だと気を抜いて床に転がったまま寝ちゃったりするし、朝のランニングを一緒にやってても私の水分補給ばっか気にして、自分が全然水飲んでないなんてのもざらだし。

私がつらいとき……こうしてそばに来て、そっと慰《なぐさ》めてくれる。

私が自分でも気が付いていなかった『してほしいこと』を、先輩はしてくれる。

そんな人、いない。

この世界に、先輩以外いない。

だから私は、この人が好きなんだ。大好きなんだ。

初めて出会ったときから変わらない。

絶対……絶対に、こんなところで終わりにしたくない。

もっと、ずっと、この人といたい。

特別な関係になりたい。

先輩にも、宮前《みやまえ》朱莉だけだって思って欲しい。

「先輩……」

ほとんど意識しての動きじゃなかった。

私は先輩の手を取り、腕を摑む。

「朱莉ちゃん？」

不思議そう……いや、ちょっと動揺した感じに先輩が聞き返してくる。

「先輩……求先輩……」

言う。言わなきゃ。

だって最後なんだもん。

こんなに胸が張り裂けそうなのに……何もしないなんて嘘だ。

私は、先輩が好きだって……そう、告白、しなきゃ。

「私……私、先輩の……」

言葉が、息が詰まって苦しい。

どうして? なんで言えないの?

たった二文字だ。好きって、たった二文字のに。

——でも言えば、全てを変えてしまう。

……だから、言えなかった。今日まで、ずっと。

先輩は世界に一人だけ。その先輩にもしも告白して、叶わなかったら。

私のことを、そういう目で見れないと言われてしまったら。

まるで真っ暗闇の中を歩いているみたい。

もしも真っ直ぐ進んだら、そこは崖《がけ》になっていて、奈落《ならく》の底に落ちることになるかもしれない。

少なくとも、ここで怖じ気づいて足を震わせているだけなら、そんなことにはならない。

前には進めないけれど、生きていられる。死ななくて済む。

（そうやって……ずっと、私は……）

海で、先輩の奥さんなんて名乗ったときも。金魚すくい屋さんで先輩の彼女だって勘違いされたときも。

嘘だから大丈夫って線を引いて、溜飲《りゅういん》を下げた。

でも、嘘だからって誤魔化したせいで余計に本心を口にできなくなった。

（そんな言い訳ばかり……）

分かってる。

全部、「怖い」を言い換えているだけだって。

きっと今が先輩に告白できる最後のチャンスだ。

怖がってる場合じゃないって、そんなの分かってる。

もうずっと、分かってる。

もしかしたら私みたいに先輩を想っている人が他にいるかもしれない。

私がまごついている内に、誰かが、先輩の隣に――

（りっちゃん……結愛さん……）

私が憧れる素敵な人達が、先輩の隣に立っている姿が見えた。

（いやだ……そんなのいやだ……!!）

たとえ親友でも、恩人でも、譲りたくない。

先輩の隣には私がいたい。わがままだって言われたって、だから……！

（言う。言うんだ。言わなきゃ。ちゃんと、言わなきゃ――）

「朱莉ちゃん」

「っ……！」

先輩が私の名前を呼ぶ。

「ごめん、俺には朱莉ちゃんが今、何を言おうとしてるのか分からない。でも、苦しそうだったから」

「あ……」

気遣うような声に、私は頭に上った血が冷えていくのを感じた。

「無理しなくていいよ。俺も気にならないって言ったら嘘になるけど……朱莉ちゃんのペースでさ」

「っ……！」

ああ、駄目だ。

頭に上った血が冷えるどころか、全身から血の気が引いていく感覚。

私はまた機会を逃してしまった。

こんなんじゃ、私、一生――

「なんて、俺が偉そうに言えたことじゃないな」

「……え？」

「実は俺も、朱莉ちゃんに言わなきゃいけないことがあるんだ」

「言わなきゃいけないこと……？」

「あー、いや、言わなきゃいけないわけじゃないんだけど、その、言いたいことというか、聞いて欲しいというか……あー！　駄目だ、なんか自分でもこんがらがってきた……」

先輩はそう頭を掻き、焦りを鎮《しず》めるように何度か深呼吸をする。

そして……改めて私を見て、真っ直ぐ見つめて――

「俺……朱莉ちゃんのことが好きだ」

遠くの空で、花火が弾ける音がした。

第6話　俺と朱莉ちゃんの話

「俺……朱莉《あかり》ちゃんのことが好きだ」

そう言葉にしたのと同時に、止まっていたはずの花火が再び打ち上がった音が響いた。

離れていても聞こえる、何度も何度も破裂する音。

一旦《いったん》のフィナーレの後、ライブのアンコール同様、僅《わず》かな間を空けて放たれる真のフィナーレ、出《だ》し惜《お》しみなく放たれるスターマイン……だろうか。

（な、なんて間の悪い……⁉）

マンガとかで、決定的な一言を口にした瞬間、何かに掻《か》き消《け》されてうやむやになる、なんてのは結構ベタな展開だけれど、まさかそれが現実に、自分の身に降りかかるなんて！

なんて不幸……いや、どうなんだろう。

本当は、告白なんてするつもりはなかった。

この気持ちは、伝えず、しまったまま夏を終えるのが良いって、そう思ってた。

けれど……ここで、このベンチに座って朱莉ちゃんと話して……彼女を見て。

それじゃ駄目だって、なんの根拠もないけれど、思い直した。

——先輩……求《もとむ》先輩……。

何かを伝えようと、必死に悩んで、葛藤《かっとう》して、苦しむ……そんな朱莉ちゃんの姿を見せられれば、どうしたって突き動かされる。

伝えたい、と胸の内にしまいこみ隠そうとしていた想いが叫ぶ。

ましてやそれが、その好きな人によるものならば、なおさら。

(……にしたって、さすがに今のはないよな⁉)

後悔はいつも、後からやってくるものだ。

告白するにしたってあまりに準備もなく、不格好。

そもそも朱莉ちゃんの意思は完全に無視してしまっている！

彼女が俺に言おうとしてた内容によっては、告白なんて不謹慎《ふきんしん》でしかないかもしれないわけだし‼

……もしかしたら、花火の音に掻き消されて聞こえてなかったという方が良いかもしれない。

けれど――

「え……え、え、え……⁉」

朱莉ちゃんはしばらく呆然と固まっていて……けれど、すぐに動揺を露《あら》わにしつつ視線を彷徨《さまよ》わせる。

どうやら、というか当然というべきか、タイミング良く鳴り響いた花火には俺の告白を掻き消すほどの威力はなかったみたいだ。

「せ、せんぱい、いま、す、すき、って」

まるで幼児化したみたいに、たどたどしく舌を回す朱莉ちゃん。

夜の闇の下であってもハッキリ分かるくらい、顔は真っ赤になっていて、目を回しているみたいに動揺している……ど、どうしよう。

「あ、いや、ごめん。なんか俺――」

「いいい言いましたよね⁉　好きって‼」

「は、はいっ！」

「先輩が！　わ、私をぉ⁉」

目をまん丸に見開き、身を乗り出しつつ、朱莉ちゃんは素《す》っ頓狂《とんきょう》な声をあげた。

「し、信じられない……どうして、いつの間にそんな……!? はっ！ まさか夢!? 私、夢を見てるの!? そうだ、そうとしか考えられない……今にもきっと目を覚ますんだ。先輩の……ううん、きっとこの夏自体が夢で、私は自分でベッドで目を覚まして、『やっぱり夢か』って落ち込みながらも、納得しちゃって、『夢ならまたすぐ寝れば続きが見れるかも!?』ってまた布団《ふとん》を被って……そうだ、絶対そうだ!!」

「お、落ち着いて朱莉ちゃん!?」

なんか早口で、全部は聞き取れないけれど、でもとにかく、ものすっっっごく動揺しているのは分かった。

それこそ、こっちまでなんだか焦《あせ》ってしまいそうなくらいだ。

「と、とりあえず夢じゃないから！」

「そう言われましても！」

「そう言われましても!?」

他に何と言えと!?

「夢じゃない……そうだ、頬《ほお》を抓《つね》るとか！」

「いえ！ これまで『ほっぺたを抓って痛かったら夢』という理論に従って頬を抓ってみた結果、痛かったのに本当は夢だったというケースが何度かありました！」

それは俺もある。

実際に寝ながら頬を抓ってるのか、はたまた痛くないけど痛いと思い込んで――って、そんなのどうでもよくて！

「……何やってるの？」

「いひほお、へんほはへ」

朱莉ちゃんは自分の頬を抓っていた。それも、結構思いっきり。

話すのに影響が出るほど頬を伸ばした彼女は……まぁ、痛くないはずもなく、じんわりと目尻に涙を滲《にじ》ませている。

「痛い、よね」

「はひ」

ぱっと手を放し、頬を揉《も》む朱莉ちゃん。

そこまでして夢と証明したかったのか、それとも夢でないと証明したかったのか。

「でも、夢じゃないと決まったわけじゃ……」

「……まぁ、覚めない内は夢じゃないんじゃない？」

「へ」

「夢だとしてもさ、ほら、覚めてから考えればいいんだよ。どうせいつか覚めるんだし」

ちょっと考えるのが面倒になった、というのは内緒だ。

「で、でも……」

「それに、夢だって期待して現実だったら、そっちの方がショック大きいでしょ？」

なんてのは、ちょっと保険張りすぎかな……。

俺に告白されたことを夢だと思いたいってことは……そういうことだし。

「そう、ですね……覚めたら、夢。覚めない内は夢じゃない……」

朱莉ちゃんは自分に暗示を掛けるみたいに繰り返す。

ていうか、本当に夢だと思ってるならビックリだけど……。

「夢じゃない……夢じゃない……でも、ありえないです!!」

「な、何が」

「だって、夢じゃなかったら、先輩が……先輩が私に好きだって言ったのが本当ってことで……まさか、冗談、とか」

「……こんな冗談言わないよ」

「好きは好きでも、ライクの好きっていう……」

「………」

ああ、これは脈なしだな。

恋愛経験ゼロな俺でも分かる。

告白を本気と受け取られないのはアウトだって。

「はぁ〜〜〜〜……」

「せ、先輩？　なぜそんな深い溜息を……？」

「いや、気にしないで。自分の駄目さ加減を自覚させられているところというか……」

これが失恋の痛みというやつなんだろうか。

そもそも届いていないんじゃスタートラインに立てているかも分からないけれど。

まぁでも、悪いのは俺だろう。

朱莉ちゃんだって万全だったわけじゃないし、そんな状況でいきなり「好きだ」って言ったところで、告白として成立するかは微妙だ。

本気で本気の告白をするなら例えば……夜景の見えるレストランでディナーを楽しんだ後、とか？

「今日は楽しかった？」なんてアフタートークを楽しみつつ、胸ポケットに忍ばせた指輪をスッと差し出して――ってこれじゃあプロポーズか⁉

……なんであれ、告白なんて衝動的にやっていいものじゃないんだ。

もっと入念に準備して、相手の気持ちも考えつつ、気持ちを正しく伝える。

俺には何一つ足りてなかった。

「……そろそろ、帰ろっか」

もしも「今の好きは、ラブの好きです!!」と言えたなら、そりゃあ良かったんだろうけど、なんだか力が抜けてしまった。

これ以上、俺の勝手な気持ちを朱莉ちゃんに押しつけられない。

そうだ。だってそもそも、告白するつもりはなかったんだし、うやむやになるなら、もういっそ――

……と、ぐじぐじ情けない言い訳を頭の中で回しつつ、立ち上がろうとした、そのとき――

――ガシッ!!

思い切り、痛いくらい思い切り腕を掴《つか》まれた。

当然、隣にいた朱莉ちゃんから。

「も、もしかして……もしかしてもしかして、ですけれど……そういう『好き』ですか……？」

ぶるぶると、俺の腕を掴む手を震えさせながら、朱莉ちゃんは今にも泣きそうな顔で俺を見上げていた。

「だ、だって私、先輩が、先輩の方から、私のことを好きだって言ってくれるなんて……そんなの、想像もしてなくて……」

「え？」

「夢だって思いたくもなります！　冗談とか、冗談じゃなくてもライクなんだって疑いたくもなります!!　だって……あまりに私に、都合が良すぎるから……！」

都合が良い。

それって……つまり!?

「わ、私も……」

朱莉ちゃんは俺の腕を掴んだまま立ち上がる。

そして、縋《すが》り付《つ》くように、一歩ずつこちらに歩み寄ってきて——俺の胸をぎゅっと抱きしめた。

そして——

「私も、先輩が好きです！」

もしも花火のフィナーレが被ったって絶対聞き漏らさなかっただろう。

絶対に冗談やライクだって勘違いできなかっただろう。

それだけの、思いっきりの気持ちを込めて、彼女は想いを口にした。

「朱莉ちゃ――」

「好きです！　先輩が好き！　好き！　大好き！　この世で一番好き！　愛してます！

心の底からっ!!」

「朱莉ちゃん!?　ストップストップ!!」

まるでダムが決壊したかの如《ごと》く、ひたすら思いっきりすぎる愛の言葉を口にしまくる
朱莉ちゃんを、俺は必死に押しとどめる。

「両想い!?　やったー!!」と、本来なら喜ぶべきかもしれないんだけど、それより何よ
り、実際に押し倒されてしまわないように立っているので必死だった。

「ああ、言えた！　言えました!!　私、先輩に好きって言えました!!」

「う、うん……色々驚いたけど、ちゃんと伝わったよ」

驚いたというのは、朱莉ちゃんへの気持ちは片想いだと思っていたからというのもあ
るし、今向けられている熱が凄まじいからというのもある。

素直に一つ目の理由だけで驚きたかった。

「もう、先輩の好きがラブでもライクでも構いません!!　先輩は私に好きって言ってく

れたんですから、これはもう『言質《げんち》を取った』、というやつではないでしょうか⁉」

目をキラキラ輝かせ、さっきまでとは完全に真逆のハイテンションで捲《まく》し立《た》ててくる朱莉ちゃん。

そして俺は、そんな彼女にただただ圧倒されつつも――

（あぁ、結局信用されてない……）

やっぱり俺の告白は正しく届いていなかったんだと、少し落ち込むのだった。

そして、数分後。

「…………」

「…………」

俺達は微妙な距離感を保ったまま、先ほどと同じベンチに腰をかけていた。

妙に気まずい空気に包まれながら。

先ほどまでのハイテンションが嘘《うそ》みたいに、朱莉ちゃんは恥ずかしげに身を縮こまらせている。

でも表情を盗み見れば、口の端がひくひくと上昇気味で……嬉しそうだってのは分かった。

対する俺は……なんというか、全然実感がなかった。

朱莉ちゃんのテンションに押され冷静になってしまったというか、なんというか……。

逆に俺の方が「今、夢見てるんじゃないか」と疑いたくなっている。

それほどまでに、まったく予想だにしない状況だった。

(でも、両想い……そうだよな、両想いってことでいいんだよな……)

俺は朱莉ちゃんが好きで、まさかの朱莉ちゃんも俺のことを好きになってくれていたみたいで……。

これは両想いだ。紛れもなく、両想い！　……なんだけど、

(それで、ここからどうすればいいんだ⁉)

詰まるところ、それなのだ。

告白をした。し返された。結果、両想いだった。

じゃあその先は……どうすればいいんだ⁉

「……………」

「……………」

ああ、これ、多分朱莉ちゃんも同じこと考えてる。

今はお互いの気持ちを確かめ合った状態で、でも、確かめ合った分、なんか妙に身動きが取りづらくて。

「と、とりあえず……帰る？」

「そ、そうですねっ‼」

俺達は、妙にふわふわした雰囲気のまま、とりあえず帰ることにした。

とりあえず。完全にその場凌《しの》ぎのとりあえず、である。

◇◇◇

朱莉ちゃんの靴擦《くつず》れが心配だったけれど、絆創膏《ばんそうこう》によるコーティングが上手《うま》くいったみたいで、彼女は軽やかな足取りで駅までの道を歩いていた。

「あ、ええと……そういえばこの後、『結《むす》び』に浴衣《ゆかた》返しに行くんだっけ？」

「は、はい。着替えも預けちゃってますし、結愛《ゆあ》さんが返しに来て良いよって言ってくれたので！」

「そっか。分かった」

「あっ……でも、私だけでも」

「付き合うよ。夜も遅いし」

「つ……付き合う……」

「うぐ……！」

そういう意味で言ったわけじゃないけれど、今の俺達にはそれは特別な意味を持つ言葉だ。

というか、俺達……付き合ってるんだろうか。

お互いに好きと伝え合った。でも、付き合うかどうかという話はしていない。

好き同士ならその時点で付き合ってるって話になるのだろうか。

ほら、仲良くなったらいつの間にか友達になってる、みたいな。

(昴《すばる》はどうやって付き合うに至ったんだろう……)

そこんところ、ちゃんと聞いておけば良かった。

まぁ、聞いたらめちゃくちゃ馬鹿にされるか、からかわれるかしそうだけれど。

一番確実なのは朱莉ちゃんに「俺達って付き合ってるってことになるのかな」と聞くことだろうか。

でも、正直そんなこと聞ける空気じゃない。

ここに来るときは俺達、確か手を繋《つな》いでいたような気がするんだけど、今は手を繋ぐどころか、ちょうど間に人一人入れそうなくらい離れて歩いている。

なんていうか……気まずくて。

「あ、そうだ！　この子達どうしましょう⁉」

「この子達？　……ああ、金魚」

「キンちゃんと、ギョッくんです！」

「あー……そうだった」

朱莉ちゃんが取った金魚は、色々あったけれど今も彼女の持つビニール袋の中を悠々と泳いでいた。

「さすがに朱莉ちゃんちまで持って帰るのは難しそうだよね」

「でも、捨てちゃうのは可哀想《かわいそう》ですし……それに証人ですから」

「証人？」

「わ、私達の……その……」

「あ、あぁ……」

勢いを失った朱莉ちゃん、そして俺は、すっかり「好き」という言葉の使用を避《さ》けていた。

改めて言うと恥ずかしいというか……いや、完全にそれだ。

「そうだな。俺が飼う……ってのは、正直に言うとあまり自信ないな……」

「結構難しいって言いますもんね、金魚のお世話って」

難しいというか、今の俺達みたいにお祭りで取っても持《も》て余《あま》してしまうケースが多いんだろう。

でも、朱莉ちゃんが名前を付けるほど情を向けているのだし、残酷《ざんこく》なことも――

「一応、結愛さんに相談してみよっか」

「結愛さんにですか？」

「あの人昔、熱帯魚かなんか飼ってて……なんかすごく長生きしてるって自慢されたことがあったから、何かいいアイディアもらえるかも」

「へえ～……なんだか、なんでもできるんですね、結愛さん……」

「うん。憎たらしいくらいなんでもできるんだよ、あの人」

朱莉ちゃんが着ている浴衣の着付けも結愛さんがやったらしいけれど、色々あったにも拘《かか》わらず全然崩れる気配を見せない。

走ったときに崩れてたら、もうそれどころじゃなかったもんな……俺も着付けなんてできないし。

「もしかしたら俺が飼うことになるかもだけど、まぁ……頑張るよ」

「はい……すみません」

「いや、全然謝ることじゃないって！　金魚すくい、楽しかったしね」

朱莉ちゃんの素敵な笑顔を見せてもらえたんだ、キンちゃんとギョッくんにも快適な人生……いや、魚生を送ってもらわないと。

にしても、この話題のおかげでちょっと気まずさも解けた感じがする。

そりゃあ俺が告白して、朱莉ちゃんも好きって言ってくれて……それが消えるわけじゃないけれど、そのせいで今までの心地よい距離感がなくなってしまうのはつらい。

少しずつ、いつも通りから少しずつ進んでいけばいいんだ。

と、俺は改めて思――

「先輩はどうして私のことを好きになってくれたんですか？」

「ぶっっっ‼」

った矢先、話題を掘り返してきた⁉

「い、いきなりどうしたの⁉」

「いきなりじゃないですっ！　だってずっと気になってて、いつ聞こうか切り出すタイミングを探ってたんですから‼」

そ、それが今だったのか……？

なんか、全然嚙み合ってなかったな俺達。

「とはいえ私的にもかなり無理やり切り出した自覚はあります！　でも『喉元《のどもと》すぎれば熱さ忘れる』といいますし」

「それ多分飲み込む方だけどね……」

にしても、なかなかの質問だ。

どうして朱莉ちゃんのことを好きになったか、かぁ。

「私、分からないんです。すごく嬉しくて、でも、不安で……だって、先輩が私のことを好きになってくれるなんて、そうなったらいいなって思ってても、それは夢みたいな話で……あの、その」

朱莉ちゃんはしどろもどろになりながらも、思っていることを口にしていく。

そして、言葉を切り、何度か言葉を選ぶ仕草《しぐさ》を見せ——

「私、先輩が好きになってくれた私でいたいんです。だって……先輩に好きでいてもらいたいから」

そんな不器用な言葉にドクンと心臓が跳ねた。

（か、可愛い……！）

ついそう思ってしまった俺を誰が責《せ》められるだろうか。

台詞《せりふ》はもちろんのこと、声、仕草、空気感……全てが反則級に可愛い。

しかも、ただ可愛いわけじゃなくて、全部俺の為《ため》に向けられたもので……どうしたってドキドキしてしまう。

でも……

「別に俺に合わせる必要なんかないよ」

「え？」

「一ヶ月一緒にすごして、色んな朱莉ちゃんを見て……特に何がって言われると選べないし、もしも一番があったとしても、ずっとそれがいいかっていうと違うからさ」

朱莉ちゃんが好きだと自覚したのはみのりに指摘されたから。

けれど、彼女の好きなところはいくらでも浮かぶ。

笑顔が眩《まぶ》しいところ。

楽しいとき、暴走しがちなところ。

ご飯を美味《おい》しそうに食べるところ。

不意に大人っぽい、艶《つや》のある表情を見せるところ。

天真爛漫《てんしんらんまん》で、一緒にいてこっちもつい笑顔になってしまうところ。

案外泣き虫で、弱さを隠そうとしても隠しきれないところ。

つまるところ、全部だ。

表現として安っぽく幼稚《ようち》でも、それが一番正しい。

俺がこれまで見てきた全部、そしてまだ知らない全部をひっくるめて、宮前《みやまえ》朱莉とい
う女の子なのだ。

「ありのままの朱莉ちゃんでいいんだ。君の賑《にぎ》やかなところも、退屈なところも全部ひ
っくるめて、俺は朱莉ちゃんがす――」

「す？」

「う……！」

「す？　なんですか？　す？　す？」

「す……好き、だから」

改まって、しかもなんか催促までされて……「好き」と言うのがこんなに恥ずかしい
なんて！

「え、えへ、えへへへへっ！」

朱莉ちゃんはだらしなく頬を緩まし、笑う。

「はっ！　い、いえ、なんでも……ふへ」

けれど、さすがに自分でもだらしないと思ったのか、きゅっと表情を引き締めて……

けれど、耐《た》えきれずまたにやけてしまう。

そんなところもたまらなく感じてしまうのは、惚《ほ》れた弱みというやつだろうか。

思えば朱莉ちゃんは来たときからずっとこうだったな。

褒められたりするのに弱くて、すぐご機嫌になるというか、いい気になるというか
……もちろん彼女の美徳だ。

「先輩！　先輩！」

朱莉ちゃんは結局笑顔を隠すことをやめ、一歩、空いていた距離を詰めてくる。

「せっかく答えていただいたわけですし、代わりに私が先輩のこと、どれだけ好きか言いますねっ！」

「い、いや、別にいいよ」

「ええっ⁉　なんでですかっ⁉」

心底びっくりした感じに叫ぶ朱莉ちゃん。

いや、だって、今のやりとりだってあんなに恥ずかしかったのに、自分に向けられるのは余計に……照れくさくて死んでしまう。

しかもさりげなく「どうして好き」から「どれだけ好き」に変わってるし！

なんか、一歩先に踏み込んでる感じがして、ヤバそうな気配がする……！

「ま、まあ、この続きは追々ということで……」

「そんなの酷《ひど》いです！　こんなところでお預《あず》けなんて！」

「いや、だって、これ以上は俺の身が持たないというか……」

「えー……」

ぶーぶーと唇を尖《とが》らせ、半目で睨《にら》んでくる朱莉ちゃん。

「じゃあ、良いです。勝手に言いますから！」

「えっ!!」

「聞きたくなければ先輩は耳でも塞《ふさ》いでいて大丈夫ですよ。それを貫通するぐらい思いっきり叫んじゃいますから！」

「そんな近所迷惑な⁉　わ、分かったよ！　聞く！　ちゃんと聞くから！」

「えー、そんなに聞きたいんですかぁ？」

無理やりに立場逆転させせられた!!

「き、聞きたいです」

「しょうがないですね～♪」

ものすごくご機嫌そうに、朱莉ちゃんは俺の前へと躍り出る。

そして、少し姿勢を下げるようにジェスチャーして……ぐっと距離を詰めてきた。

「うっ⁉」

「えへへ、私はですね～」

耳元に唇を寄せるため、もうほとんど抱き合うような距離まで接近する俺達。

触れるか触れないかの距離にある朱莉ちゃんの頬から、そりゃあもうじんわりとした熱が伝わってきて、吐息も当たって……これでどきどきしないヤツなんていない！

「私がどれくらい先輩を好きかって言うと……」

そして朱莉ちゃんは、溜めたっぷりに、ほんのちょっぴりの緊張を滲ませつつ――

「先輩のためなら、500円の借金のカタに体差し出しちゃうくらいには、大好きですっ♪」

そんな、ネタバラシをした。

（あはは……なるほどね）

ずっと不思議で、何度も考えて、けれど決して解決には至らなかった疑問が氷解した。

つまり、朱莉ちゃんはここに来た時からずっと俺のこと……まぁ、そういう感じで、

昴もグルで……ってことだろう。

こりゃ、昴に会うのが余計怖くなるな。

「あっ、でも、先輩にだけですからね！　先輩が借金されても、私、よそに体差し出したりしませんから！　先輩の傍で、一緒に頑張って借金返しますから！」

「そ、そうだね。頼もしいよ」

「えへへ……」

朱莉ちゃんはだらしなく頬を緩めて、これまた勢いそのままにぎゅっと抱きついてきた。

温かくて、柔らかくて、良い香りがする……って！

「朱莉ちゃん、ここ外だから！」

「えー……今更《いまさら》じゃないですか？」

「今更じゃないですっ」

またもや口を尖らせる朱莉ちゃんをなんとか引《ひ》き剝《は》がし、再び帰路を歩き始める。

もうすっかり花火の賑々しさを失い、静かになった夜空を見上げつつ……二人、手を繋ぎながら。

第7話　友人の妹が『友人の妹』じゃなくなる話

その後、再び電車に乗り、喫茶『結《むす》び』まで帰ってきた。

花火見物自体は会場から離れて快適に行えたものの、電車の都合上、帰りには会場の最寄り駅を通る必要があるので、そこで一気に乗客が溢《あふ》れかえり……行き以上にもみくちゃにされて、そりゃあもう大変だった。

今日一で疲れたかもしれない。

「うー……浴衣《ゆかた》崩れなくて良かったぁ……」

「ふふっ、お疲れ様」

早速朱莉《あかり》ちゃんは浴衣を脱ぐために居住スペースに連れて行かれ、俺はマスターが煎《い》れてくれたアイスカフェオレ（従業員特別価格）を頂戴する。

「求《もとむ》くん、花火は楽しかったかい」

「はい。伯父《おじ》さん達はどうされてたんですか？」

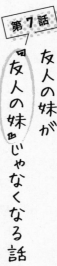

「花火の音を聞きながら、ゆったり家族ですごさせてもらったよ」

「ああ……伯母《おば》さんも」

「うん。仕事疲れで、もう上で休んでるけどね。今頃結愛《ゆあ》と一緒に朱莉ちゃんのお世話してるかも」

「あはは、なるほど……」

その映像はハッキリと頭に浮かんだ。

まぁ、仕事で疲れているということなら、わざわざ下までは降りてこないだろうけど。

そんなこんなで伯父さんと談笑しつつ、待つこと十数分、

「先輩っ、お待たせしました！」

朱莉ちゃんが私服姿で店内に戻ってきた。

「お疲れ様。すっかり元通りだね」

「えへへ、完全に魔法解けちゃいました」

「魔法？」

「いえっ、なんでもないです！」

よく分からないけれど……まぁ、朱莉ちゃんも帰る準備ができたなら、こんな遅くまで居座るのも申し訳ないな。

「それじゃあ伯父さん。ごちそうさまです」

「うん。また明後日」

「はい」

明日は朱莉ちゃんの見送りでバイトは休み。

明後日からは今まで融通きかせてもらった分がっつり働くことになっている。

「あれ、朱莉ちゃん。金魚は？」

「あ、そのことなんですが、結愛さんに相談しまして──」

「いったん、アタシが預かってあげることにしたのっ！」

ばんっ！　と入り口のドアを開け放ちつつ、結愛さんが登場した。

なんてタイミングの良い……もしかしなくても待ってたんじゃないだろうな。

「何よ求。その怪訝《けげん》そうな顔は？」

「……別に。ていうか、一旦預かるって」

「金魚はね、結構繊細《せんさい》なの。最初の世話が肝心《かんじん》なのよ。だから、何週間かはアタシが面倒見てあげる。その後は求、アンタが世話しなさい」

「俺が……まぁ、それが一番丸いか」

「うんうん、聞き分けいいじゃない！　大丈夫、道具とかは余《あま》ってるのあげるし、分からないことあればいつでも聞いてくれていいから」

いたれりつくせりすぎて逆に怖いけれど、ここは素直に感謝しておこう。

生き物を飼うというのはなんとも重大なことだけれど、やっぱり結愛さんに押しつけるのも違うしな。

「ごめんなさい、先輩。お世話お願いしちゃって……」

「いーのいーの。求、趣味もそんな多くないんだし、ちょうどいいのよ」

「そう言われると、ぐうの音も出ないな。まぁ、結愛さんの言う通りだから。朱莉ちゃんは気にしないで」

「……分かりましたっ！」

ちょっと考え込む間を空《あ》けつつ、朱莉ちゃんは勢いよく頷《うなず》く。

そんなこんなで金魚問題も一旦解決したところで、俺達は『結び』を後にするのだった。

◇◇◇

「はーっ！　やっとつきました〜！」

俺の家に入るなり、思いっきり脱力する朱莉ちゃん。

靴を脱ぎ捨てて、そのままぱたぱた小走りで進み……俺のベッドにダイブする。

「ちょっ⁉」

「わぁ、先輩のニオイ……」

「あ、朱莉ちゃん⁉」

よほど疲れていたのか、朱莉ちゃんは俺のベッドに転がったまま、うとうととぼんやりした表情を浮かべていた。

「……とりあえず、朱莉ちゃんの布団《ふとん》敷くか」

叩き起こすのもなんだか申し訳ないので、一旦彼女は放っておいて、ローテーブルを畳み敷き布団を広げる。

「朱莉ちゃーん。寝るならこっち。あっ、ていうかシャワー浴びたら？　汗も掻《か》いてるだろうし……」

「うー……浴びます……。せんぱーい……」

「はいはい」

自分で立ち上がれないと主張する朱莉ちゃんの手を摑《つか》み、引き起こす。

その勢いでもたれかかってきて、ちょっとドキッとしたけれど、相手は眠気に囚《とら》われた無防備な女の子だ。

　変な気は起こさない。起こさない。起こさない……よし！

「さ、立って。歩ける？」

「立ちます……歩きます……」

　ぽやぽや寝ぼけた感じの朱莉ちゃんは、俺の体に寄りかかりつつよろよろ歩き出す。

　シャワーの中でぶっ倒れないか心配だけれど、さすがに脱衣所の中までついていくわけにはいかないし……

「そうだ。洗濯物は――」

「あー……明日送る荷物で一緒に送るので、別にしておきますね……」

「ア、ハイ」

　寝ぼけてても朱莉ちゃんは朱莉ちゃんだ。しっかりしてる。

　そんな彼女を見送り、今度は俺がベッドの上で脱力する番だ。とはいえ、寝っ転がるのはなんか憚《はばか》られるので、イス代わりに座るだけだけど。

「あー、疲れた……」

　本当に今日は色々あった。

　ある意味、この夏で一番密度の濃い一日だったかもしれない。

花火大会に行って、ほとんど勢いに飲まれて告白して、まさかの両想いで……たぶん、朱莉ちゃんはここに押しかけてきたときからずっと、俺のことが好きで……。

(なんか、現実味のない話だ)

あんな可愛い良い子が、それこそ俺なんかよりもっといい男をよりどりみどりで選べそうな彼女が、接点がほとんどない頃から俺のことを好きだったなんて、夢に見るにしたってできすぎだ。

「……痛い」

とりあえず、朱莉ちゃんに倣《なら》って俺も頬《ほお》を抓《つね》ってみる。

当然痛いし、夢から覚める気配なんてものもない。

「思えば、そういうアプローチみたいなものもあったんだろうな……最初から」

朱莉ちゃんは初めてここに来たときからハイテンションというか、なんか張り切りすぎて空回りしている感じがあった。

でも悪いことじゃなくて、むしろ一生懸命さが溢《あふ》れていて、あのとき彼女がグイグイ来てくれたからすぐに仲良くなれたと思っている。

今では結構落ち着いて、あの頃みたいな感じも減ったけれど、むしろ俺との生活に馴《な》染《じ》んでくれている感じがして、俺も朱莉ちゃんと一緒に居ると落ち着くというかホッとするというか。

「やっぱり寂《さび》しいな……」

明日の夜にはもう彼女はいない。

そして明後日も、来週も、来月も……。

（本当に生きていけるのか、俺）

ついそう思ってしまうくらい、今や朱莉ちゃんは俺の生活のほとんどを占めている。

いや、もう、本当に不安だ。どうしよう。まず何からやればいいんだろう。

「ああ……困った……ほんとに……」


『先輩……』

「ん……」

いつの間にか隣に朱莉ちゃんがいた。

「ふふっ」

彼女は俺の腕に抱きつきながら、蠱惑的《こわくてき》な笑みを浮かべる。

「えいっ！」

「わ⁉」

朱莉ちゃんにドンッと押し倒され、そんな俺に彼女は四《よ》つん這《ば》いに覆い被さってくる。

困惑する俺に対し、朱莉ちゃんは笑顔を浮かべたまま、段々と近づいてくる。

みずみずしく煌《きら》めく彼女の唇……その先にあるのは、同じく、俺の唇《くちびる》で……。

「あかり、ちゃん……？」

「ふふふっ、先輩」

俺は蛇《へび》に睨《にら》まれたカエルのように、身動きを取れず、ただ彼女を見つめ返すほかなくて、そんな俺に朱莉ちゃんは――

『せんぱーい』

「……っ！」

遠くから声がする。

それに気が付いた瞬間、目の前にいた朱莉ちゃんがどんどん遠のいて――

「せんぱーい。起きてくださーい」

「……あ」

目を開けると、パジャマ姿の朱莉ちゃんが俺の体を揺らしていた。

「あっ、おはようございます」

「……ごめん、寝ちゃってた」

「ふふっ、みたいですね」

どうやらほんの短時間だけど夢を見ていたらしい。

それも、なんか、良くない夢を。

「先輩？」

「あ……う……」

内容が内容だけにものすごく後ろめたくて、朱莉ちゃんを直視できない。

そんな俺を不思議そうに見ていた朱莉ちゃんだけれど――

「先輩、お疲れですか？」

「えっ？　あ、ああー……そうかも。今日は色々あったから」

「じゃあ、シャワー浴びずにこのまま寝ちゃいましょっか！」

「え……!?」

朱莉ちゃんは俺の返事を待たず、再びベッドに寝転がった。

ちゃんと床に、いつも朱莉ちゃんが使っている布団を敷いているのにだ！

「いや、朱莉ちゃ――」

「いいじゃないですか。だって……私達、恋人同士、なんですから」

少し拗《す》ねるみたいに、それでもどこかおずおずとそう口にする朱莉ちゃん。

恋人同士と、その言葉だけで一気に体温が急上昇した錯覚《さっかく》を覚える。いや、実際に何度か上がったと思う。

それは、俺だけじゃなくて、朱莉ちゃんの真っ赤な顔を見ても明らかだ。

「な、なにか言ってくださいよぅ……」

「何かって、言っても……」

「だって、いいじゃないですかっ！　私、先輩、好き！　先輩も私のこと、えへへ、好きって言ってくれましたし……それって両想いですよね！　そうですよね⁉」

「う、うん。そうなると思う……思います」

「じゃあ、両想いなら付き合う、ですっ‼‼」

「は、はいっ！」

曖昧《あいまい》なまま、宙に浮いていた「付き合っているかどうか」という問題を、朱莉ちゃんは力尽くで摑みとり、きっちり丸めて地面に叩きつけ――は、おかしいか。

とにかく強引に解決してしまった。

「じゃあ、今日から私が先輩のカノジョということで……かの、カノジョ……!!」

本当に、顔面から湯気が出そうなくらいに真っ赤にした朱莉ちゃんは、途中でフリーズを起こし、固まる。

そして――突然ぶわっと涙を溢れ出させた!?

「そんな、こんな幸せなことあっていいんでしょうか!?」

「あ、お、落ち着いて」

「だってぇー!!」

どうしようと焦《あせ》る気持ちもあるけれど、彼氏彼女の関係になったというだけでこれだけ喜んでもらえるのは光栄というか……素直に嬉しくも思う。

そして、愛おしいとも。

「俺だって幸せだよ」

俺は泣きじゃくる朱莉ちゃんをそっと抱きしめる。

か、彼氏なんだ。これくらいしたって変じゃない、はず。うん。

「せ、先輩ぃ……！」

「俺も嬉しいよ。朱莉ちゃんとそういう仲になれて……って、違うな」

習ったように朱莉ちゃんを抱きしめ、頭を優しくなでつつ、俺は考えを改める。

「違う？」と不安げに俺を見上げてくる朱莉ちゃん。

そんな彼女に微笑《ほほえ》みかけながら、俺は改めて想いを口にした。

「宮前《みやまえ》朱莉さん。君のことが大好きです。どうか……俺と付き合ってください」

勢いじゃなく、しっかり、はっきり、愛を告白する。

朱莉ちゃんはびっくりしたように目を見開いて……けれどすぐに、こちらまで温かくなるような、太陽のように澄《す》み切《き》った笑顔で、

「……はいっ！　私も先輩が……白木《しらぎ》求さんが大好きです！　貴方《あなた》の彼女にしてくださいっ!!」

そう応《こた》え、抱きしめ返してくれた。

狭い部屋の、狭いベッドの上で抱きしめ合いながら、俺達は笑い合って――

初めての一人暮らし。大学生になって初めての夏。

俺に、初めての彼女ができた。

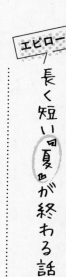

エピローグ　長く短い夏が終わる話

ドアを開けると、夏の外気が一気に室内に吹き込んできた。

暑いけれど嫌な感じのない夏の空気……空は清々《すがすが》しい程の快晴だった。

「それじゃあ、行こっか」

「はいっ！」

朱莉《あかり》ちゃんに声をかけると、彼女は最後、部屋の中に深々と一礼する。

別に神様が宿っているわけでもないのに真面目だなぁ。

「お待たせしましたっ！」

荷物のほとんどは今朝宅配便で送り出した。

朱莉ちゃんは肩掛けバッグひとつのみ持った身軽な状態だ。

服装もここに着たときの制服姿ではなく、ピンクのふわふわしたブラウスにベージュのパンツと身軽ながらオシャレなスタイルで、端《はた》から見ればちょっとお出かけくらいにしか見えない。

でも、今日を境《さかい》に、朱莉ちゃんがここを訪れることはしばらくなくなる。

「忘れ物は大丈夫？」

「……わざと忘れ物しちゃ駄目だよ？」

「あっ、その手がありました！」

「あったら取りに来ます！」

冗談っぽくもどこか本気感のあるニュアンス。

この感じならわざと忘れ物をしているってことはないな。

「ほら、電車の時間もあるんだし行くよ」

「あー、せめてこのスマホを置かせてください～！」

「いや本当に困るやつじゃん⁉」

それに忘れ物があれば今朝の荷物と同様宅配便で送るし。

そんな一々会《あ》いに来《え》られたら……まぁ、ちょっと嬉しいけど、いやいややっぱりそんな面倒掛けるのは有り得ない！

「鍵閉めるよ」

「は～い」

拗《す》ねる朱莉ちゃんを横目に、部屋にしっかり鍵をかける。

そして、朱莉ちゃんの手を取って――

「あっ、ごめん。暑いよね」

つい思わず手を握ってしまったが、四十度にも迫ろう熱気の中、手を繋《つな》ぐのは良くないんじゃとすぐ離そうとして……でも、朱莉ちゃんの方からがっしり握られる。

「熱いですよ、すっごく」

そう嬉しそうに笑うもんだから、俺も受け入れる他なかった。

「ここを歩くのも暫《しばら》くお預けですね」

うちから駅までの道を歩きつつ、ふと朱莉ちゃんがそう呟く。

「そうだね。入学までって考えたら……半年とちょっとか」

「うー……でも、冬休みには――」

「駄目だよ。受験直前じゃん」

「ですけどぉ～」

成績優秀、政央《せいおう》学院大への合格はほぼ確実な学力を持つ朱莉ちゃんであっても、さすがに冬休みにまでこっちに来るのはオススメできない。

万が一ってこともあるのだ。直前での気の緩《ゆる》みが、一年を棒に振ることだってゼロじゃない。

「毎日ライン送りますから！　あと、たまには電話も！」

「毎日電話って言うと思った」

「束縛しないタイプなんです、私」

えっへんと胸を張る朱莉ちゃん。

「……と言いつつ、電話したくなっちゃうかもですけど」

「そんな毎日話すことある？」

「あっ、それ非モテ発言ですよ⁉　別に用事がなくちゃ電話しちゃ駄目ってわけじゃないんですから！」

「ご、ごめん」

「でも先輩が非モテになる分には……えへへ、私が独り占めできちゃいますから、別に構いませんけどっ」

そう嬉しそうに腕に抱きついてくる朱莉ちゃんには、なんというか変に謝るのもばかばかしく感じる。

そして……熱い。暑いではなく、「もしもこのまま電車に間に合わなかったら……」なんてそんな思考が頭を過《よぎ》ってしまう熱さだ。

「あ、そうだ。今日の晩ご飯、タッパーにいれて冷蔵庫入れてますから」

「え、いつの間に⁉」

「朝ご飯作るのと一緒に、こっそり準備しておいたんです。簡単なものですけど……先輩、気を抜いたらすぐコンビニ弁当とかになっちゃいそうだから」

「それは否定できない……」

「駄目ですよ。もちろん絶対食べちゃ駄目ってわけじゃないですけど、栄養偏《かたよ》っちゃいますから」

確かに朱莉ちゃんの手料理ばかりをいただいていた間は心なしか体調も良かった気がする。

ならば俺も自炊料理を――と、今は思っても続けられなそうなんだよな。

特に舌の肥《こ》えてしまった今は余計に。

「……善処《ぜんしょ》します」

結局、解決策は全然浮かんでないままそう言うしかなかった。

そんな俺の心情を察したのだろう、苦笑する朱莉ちゃん。

これは毎日電話をしたとしてもネタには事欠かなそうだ……。

「えーっと、あとは……あとは……」

「なんか、すぐに朱莉ちゃんの存在の大きさを実感しそうだ」

「ふふん、そりゃあそうです。今や私は先輩より先輩の家に詳しい自信がありますからっ」

そう胸を張る朱莉ちゃんは本当に頼もしい。

そして俺は実に情けない……。

「半年なんてあっという間です。さくっと受験を乗り越えて……また、会いに来ます」

「……うん」

「それに、春になれば………私達、恋人同士ですから」

朱莉ちゃんは照れくさそうに、けれど期待を込めた眼差しで俺を見てくる。

もしも朱莉ちゃんがこっちで暮らすことになれば、そのときはみのりと二人暮らしじゃなく………という可能性もある。恋人同士であれば。

「そ、その場合は引っ越さないとな。ほら、一応この夏は一時的にだったけれど、ちゃんとってなったら……その、予《あらかじ》めそういうのが大丈夫な物件にしないと、だし」

「そう、ですね……えへへ」

ちょっと気まずい。ていうか恥ずかしい。

「でもそうなったらうちの両親にも先輩とのこと伝えないと」

「う……そうなるよね、やっぱり」

「でもでも、大丈夫ですよ！　二人とも先輩のこと良い子だって言ってたので！」

高校時代何度か朱莉ちゃんの……というか昴《すばる》の家に遊びに行ったことがある。

一応そのときにご両親にも会っているけれど、『昴の友達』と『朱莉ちゃんの彼氏』じゃ抱《いだ》く感情も全然違うだろう。

これは……うん、春どうなるかに拘《かか》わらず、どこかで一度ちゃんとご挨拶《あいさつ》した方がいいだろうな。

未来を思うと、気が重いことも沢山ある。

けれど、昨日まで……ただ別れを惜《お》しんでいた頃に比べれば、幸せな気の重さだ。

俺達は『次』を手に入れたんだから。

「……もう駅ですね。ああ、話したいこと無限にあるのに！」

「それこそラインとか電話でいくらでもできるよ」

「うー………ですね！　会えない時間が愛を育《はぐく》むとも言いますし！」

「あはは……」

この子はこう、なんか恥ずかしいことでも平気で言うな。

俺が過剰反応しているだけだろうか。どうにも面映《おもは》ゆくなる。

「そうだ。コンビニとかで何か買ってく？」

「あぁ……ううん、大丈夫です。なんか、変に時間稼ぎして、もっと一緒にいたいって思っちゃいそうだから……ていうか、思ってるんですけど」

「そっか……そうだね」

未来はある。

でも、目の前の別れも、予定通りにある。

もしも付き合うことになっていなければ、この別れを俺はどう感じたんだろう。

今となっては分からないけれど……でも、寂しい。

気を抜けば、行って欲しくないと抱きしめてしまいそうなくらい、寂しい。

「先輩」

朱莉ちゃんが俺の腕を放す。

もう改札が見えた。

ここを越えるのは朱莉ちゃんだけ。俺はここで彼女を見送る。

「私……泣いちゃうと思ってました」

「え……」

「だって、すごく寂しくて、もっと一緒にいたくて……でも、今はもうつらくないです」

彼女はニッコリと微笑み、一歩、一歩……俺から離れていく。

「だって、今、こんなに幸せですから！　頬が勝手にニヤけちゃってしょうがないんです！　だから……笑顔でお別れできます」

朱莉ちゃんは俺に背を向けたまま、改札にタッチして……その向こう側へ行った。

夏が終わる。

５００円の借金のカタなんて、奇妙なきっかけで始まった俺と朱莉ちゃんの夏が。

「さようなら、先輩」

一瞬、目元を拭《ぬぐ》う仕草を見せ……朱莉ちゃんは振り返る。

彼女は笑顔だった。

出会ったときと同じ……太陽のように澄《す》み切《き》った、眩《まぶ》しい笑顔。

「さようなら、朱莉ちゃん」

俺の言葉に、朱莉ちゃんは笑顔で頷き、すっと前を向いて歩き出した。

一度も振り返ることなく、しゃんと背筋を伸ばして。

そんな彼女の背中を、俺は見えなくなるまで見つめ続けた。


夏が終わる。

濃密で、楽しくて、あっという間にすぎていった夏が。

けれど……夏が終わっても、また次の季節がやってくる。

それがどんな季節になるかは、まだ分からないけれど。

今はすごくわくわくしている。

つい走り出したくなるような……そんな自分がいる。


「もしもし、昴?」

ポケットに入れたスマホが震え、表示された名前を確認すると同時に出た。

「あー……今？　駅前だよ。分かってるだろ」

相手は親友……そして彼女の兄。

なんでも今から会いたいとのこと。

「ああ、いいよ。じゃあ俺は……………そうだな、本屋にでもいるから。そう、そこ。じゃあ、また後で」

彼はどこまで知っているのだろう。

もしかしたら妹に手を出したとぶん殴《なぐ》られるかもしれない。

それか、「これからは兄と呼べ！」なんて偉そうな顔されるかも。

「なんにせよ、避《さ》けては通れないしな」

時間は止まらず進み続ける。立ち止まっている暇《ひま》なんかない。

俺は本屋へ入り、まず最初に、夏の特集コーナーに置かれていた『金魚の飼い方』を手に取った。

あとがき

この度は『友人に500円貸したら借金のカタに妹をよこしてきたのだけれど、俺は一体どうすればいいんだろう3』をお手に取っていただき、誠にありがとうございます。作者のとしぞうです。

さて、いよいよ本シリーズも3巻を迎え、求《もとむ》と朱莉《あかり》の夏も佳境を迎えました。迎えることができました！

昨今のライトノベル業界はまさに群雄割拠。1巻1巻の続刊でさえ簡単に確約できるものではありません。

そんな中で本作（500カタという略称でやらせていただいています）はまるで牛歩のように時間をゆっくり進めつつ、3巻でひとまとまり、1ヶ月という作中時間を過ごしてまいりました。

もちろん1巻で終わる可能性もあったわけですが、そんな中でも本作の持つ空気感というか、ゆっくりと積み上げていく時間を尊重して下さった担当編集様には本当に頭が下がります。

そしてなんとか本巻の執筆まで漕ぎ着け、求と朱莉の関係にも一つの答えが出すことができました。

この関係になる、というのは最初から決めていましたが、まさか本当に書くことになるとは、1巻を書いていた頃の自分は正直想像していませんでした（笑）。何わろとんねん。

そんなわけで、ここまで来れたのも応援してくださった読者の皆様のおかげです。本当にありがとうございます！


改めて、そして毎回のことになりますが、関係各所の皆様に感謝をば。

3巻もイラストを担当してくださった雪子《ゆきこ》先生、本当に素敵なイラストをありがとうございます！

特に今回はスケジュールが今までと異なり、表紙と口絵は初稿が上がる前に着手いただき、そのため「こんな感じのイラスト‼」とシチュエーションだけお伝えさせていただき……という進め方でしたが、本当に素晴らしくて、夏を締める素敵な巻になったなと思っております！

表紙も、1巻が朝で、2巻が昼で、3巻が夜でってなっていて、オシャレで最高です！

また、コミカライズを担当してくださっている金子《かねこ》こがね先生。毎回面白く描いていただいて、更新のたび感無量な気持ちです。

特に朱莉は原作以上にコミカルになっていて……「負けてられない！」と対抗心を燃やしておりました（笑）。本当にありがとうございます！

コミカライズ、ぜひ読者の皆様も読んでみてくださいね！

現在第1巻が発売中！　電撃コミックレグルス様より、コミックウォーカー、ニコニコ漫画などで配信中です！！

もちろん、ここまで続けさせていただきましたファミ通文庫編集部様も、ありがとうございます！

いや、本当ぼくの書きたいまま、自由に書かせていただいて……我を通しているつもりはないですが、わがままを許していただいて本当にありがたいです。

そしてわがままついでに、ＰＶとか作ってくれたら嬉しいです！　なんか声優さんが声つけてくれてるやつ！！　まぁ、どのキャラがどの声優さん、みたいなイメージ全然無いんですけどね！！（爆）

……と、裏でやるような話をあとがきにまで持ってきたところで、そろそろ締めさせていただければと思います。

500カタの世界、キャラクター達……書けば書くほど好きになっていく自分がいます。

1巻から始まった物語は一段落ついたわけですが、もしも続きが書けるのであれば、もっともっと明るく、楽しく、面白い物語を書ければと思いますので、ぜひ応援くださ
い！

感想とかもTwitterとか、読書メーターとか、個人ブログとか、各所商品レビューとか……血眼《ちまなこ》になって監視しているので、お寄せいただけますと（笑）。

それでは、またお会いしましょう！

今後ともよろしくお願いいたします！！

朱莉ちゃん
よかったね！
3巻では出て
こなかったセーラー服。

■ご意見、ご感想をお寄せください。……………………………………………………………………
ファンレターの宛て先
〒102-8177　東京都千代田区富士見2-13-3　ファミ通文庫編集部
としぞう先生　雪子先生

FBファミ通文庫

友人《ゆうじん》に500円《えん》貸《か》したら借金《しゃっきん》のカタに妹《いもうと》をよこしてきたのだけれど、俺《おれ》は一体《いったい》どうすればいいんだろう3　1810

2022年8月30日　初版発行　◇◇◇

著　者　としぞう
発行者　青柳昌行
発　行　株式会社KADOKAWA
〒102-8177 東京都千代田区富士見2-13-3
電話 0570-002-301（ナビダイヤル）
編集企画　ファミ通文庫編集部
デザイン　RevoDesign
写植・製版　株式会社スタジオ205プラス
印　刷　凸版印刷株式会社
製　本　凸版印刷株式会社

●お問い合わせ
https://www.kadokawa.co.jp/（「お問い合わせ」へお進みください）
※内容によっては、お答えできない場合があります。
※サポートは日本国内のみとさせていただきます。
※Japanese text only

ISBN978-4-04-737145-3　C0193

定価はカバーに表示してあります。

むすぶと本。『夜長姫と耳男』のあどけない遊戯

著者／野村美月
イラスト／竹岡美穂

既刊『外科室』の一途／『嵐が丘』を継ぐ者

「わたしは、本、なの」

榎《えの》木《き》むすぶは中学二年生の夏に出会ったはなだ色の本を忘れられずにいた。そして中学三年生の夏、むすぶは再び北陸の地を訪れることになった。ひとまず事件の起こった屋敷を訪ねてみると折り紙にくるまれたブローチを拾う。そこには『わたしに会いに来て』と書かれていて──。

FB ファミ通文庫

賢者の孫16

四面楚歌の転生者

著者／吉岡 剛
イラスト／菊池政治

既刊 1～15巻好評発売中！

ダーム共和国が王太子妃エリザベートを暗殺!?

各々が結婚し楽しい家庭を築くシンたちアルティメット・マジシャンズ。シシリーたちが第一線を離れたため、人手不足を感じたシンたちは二人の新人団員を迎え入れる。そんな中、ダーム共和国内でエリザベート殺害計画が動き出し……。

俺だけレベルが上がる世界で悪徳領主になっていたⅣ

既刊 Ⅰ～Ⅲ巻好評発売中！

著者／わるいおとこ
イラスト／raken

反乱勃発!?　大艦隊を奪取せよ！

ナルヤ王国軍を退けたエルヒンが次に狙うのは海軍国ルアランズ。ゲームの歴史通りならば急進派によるクーデターが起こり、エルヒンとも敵対することになる。エルヒンはクーデターを阻止するため単身敵国へと乗り込むのだが——。

FB ファミ通文庫

Vtuberってめんどくせえ!

著者/烏丸 英
イラスト/みこフライ

炎上上等?　噂のVtubers!

阿久津零《あくつれい》は男性Vtuber蛇道枢《じゃどうくるる》としてデビューした。が、所属事務所は彼以外が全員女性ということもあり、初配信から大炎上。ネット上の罵詈雑言に「めんどくせえ」と耐えながらも活動を続ける零(枢)だったが、事務所の同期である羊坂芽衣《ひつじざかめい》とのコラボ配信が決まり……。

学校に内緒でダンジョンマスターになりました。

著者／琳太
イラスト／くろでこ

実家の裏山から最強を目指せ!

ダンジョン探索者養成学校に通う鹿納大和はある事件をきっかけに同級生や教官からいじめられ、落ちこぼれとなってしまう。だがある日実家の裏山でダンジョンを発見した大和は、秘密裏に実力をつけようとソロでのダンジョン攻略に乗り出すのだが——!?

放課後の図書室でお淑やかな彼女の譲れないラブコメ3

既刊 1～2巻好評発売中！

著者／九曜
イラスト／フライ

泪華の気持ちに静流は――。

放課後の図書室で姉の蓮見紫苑《はすみしおん》、先輩の壬生《みぶ》奏多《かなた》、恋人の瀧浪泪華《たきなみるいか》の三人と楽しくも騒がしい日々を送る真壁静流《まかべしずる》。そんな中、奏多からデートに誘われた静流は週末を一緒に過ごすことになるのだが……。放課後の図書室で巻き起こるすこし過激なラブコメシリーズ、堂々完結。

FBファミ通文庫

わたしを愛してもらえれば、傑作なんてすぐなんですけど!?

著者／殻半ひよこ
イラスト／ハム

お姉さん妖精と、甘々同棲生活!?

売れない高校生作家・進太朗《しんたろう》が大作家の父が残した家で才能を授《さず》けるという妖精りやなさんと出会った。彼女に唇を奪われた瞬間、素晴らしい小説のアイデアを閃くが、進太朗は執筆を拒否！　りやなさんは涙目で進太朗にそのアイデアの執筆を迫ってくるのだけど——!?

16年間魔法が使えず落ちこぼれだった俺が、科学者だった前世を思い出して異世界無双2

既刊 1巻好評発売中!

著者/ねぶくろ
イラスト/花ヶ田

ロニーを狙う敵は自分自身……!?

セイリュウやヨハンの協力もあり魔法を使えるようになったロニー。しかし強すぎる自分の力に恐怖し、逆に研究に身が入らなくなってしまっていた。そこでロニーは相談のためにセイリュウに会いに行くが……その道中、突如謎の襲撃者が現れて——!?

FBファミ通文庫